U0574912

精准扶贫的故事

欧阳辉／总策划

章文光／主 编

人民出版社

现全面小康，最难以忘怀是百姓脱贫后的丰收与喜悦。真可谓：春华秋实斗鲜妍，脱贫攻坚操胜券。

一位领导干部在走访贫困户、慰问基层扶贫干部途中所写的诗歌，倏忽呈现在我眼帘：

不再愁房子能否挡风雨，不再愁生病能否上医院，不再愁娃娃能否读得起书，不再愁鸡鸭能否卖到钱。

贫困户的标签踩在脚下，田间的歌儿唱得山水欢，红红的太阳挂在眼前，小康路上我把自强挑在肩。

是谁向我敞开了温暖的胸怀，是谁让我撸起袖子加油干，吃水不忘挖井人，我把党的恩情牢记在心间。

因为感动，所以心动！

"岁月不居，时节如流。"作为一名曾经的现役军人，如何赴"前线"参加脱贫攻坚战？身为一名现在的人民日报编辑、记者，如何深入"一线"真扶贫、扶真贫、真脱贫？平常冥思苦想，经常辗转难眠。

踏破铁鞋无觅处，得来全不费功夫。2019年9月，参加北京师范大学组织的"聚焦精准扶贫 助力中国梦圆"研讨会。师生们的精彩发言，让我一颗怦怦的心久久难以平静。偶然性中有必然性，必然性中有可行性。

因为心动，所以行动！

接下来的节假日、双休日和"八小时之外"，我全身心地扑在"讲好精准扶贫的故事"上。

有血有肉才是真实，真实才会生动，生动才能打动人。《脚下有路·心中有志·生命有光》，乔福军夫妇身残志坚的故事，让人潸然泪下；《"娘子军"矢志打赢脱贫攻坚战》，新时代花木兰巾帼不让须眉，让人热血沸腾；《织金风景飘来白果香》，党组织的坚强领导，让人喜不自胜……

一颗颗闪闪发光的"珍珠"撒满神州大地，如何找根金线穿成一串串？于是，我有了编辑出版《精准扶贫的故事》的冲动与想法。

"理想很丰满，现实很骨感。"由于时间紧、个人能力有限，在策划和修改《精准扶贫的故事》过程中，难免挂一漏万，望读者提出宝贵意见，以期改正。

当前，脱贫攻坚战进入决胜的关键阶段，我们务必一鼓作气、顽强作战，不获全胜决不收兵。打赢脱贫攻坚战是物质层面的，更是精神层面的。有了"敢打必胜"之信心，有了"功成不必在我，建功必须有我"之胸襟，有了"担当的宽肩膀"之作风，有了"成事的真本领"之才干，站在"两个一百年"奋斗目标的历史交汇点上，我们一定能全面建成小康社会，一定能全面建成富强民主文明和谐美丽的社会主义现代化强国，让中华民族以更加昂扬的姿态屹立于世界民族之林。

欧阳辉

2019 年 12 月 19 日于金台园

1 甜蜜夫妻的甜蜜事业

在十八洞村，我们特意去见了一个叫龙先兰的小伙子。小伙子是帅哥，既硬朗，又清秀。用湘西话说，是标后生、人尖子。小伙子刚刚结婚，所有门楣和柱子上还贴着喜气洋洋的结婚对联和"喜"字。新婚的喜气，生动地在他脸上泛着光晕。

龙先兰生于1978年，正好而立之年。因家庭的变故，用他的话说，前些年都白活了。家庭的不幸，龙先兰成了孤儿。亲情和管理的缺失，使他伤感、无助，像一匹脱缰的"野马"，孤独、暴烈。酒，成了他排遣一切的"良药"。酒里逃避，酒里麻醉，酒里欢愉，酒里疗伤。哪里喝，哪里醉；哪里醉，哪里睡。无论在家乡劳动还是在他乡打工，人们会经常看见一个年轻帅气的"酒鬼"醺睡路旁。父老乡亲和他自己都以为这辈子就这么完了，以为他这一辈子就是一个"酒糟"和"酒渣子"。不承想，习近平总书记对十八洞村的调研，让他起死回生，活过来了。

2013年11月3日，习近平总书记到十八洞村调研时，他正在广东打工，先后开过机床、做过零部件加工、摆弄过玩具。他当时并不知道总书记去十八洞村访贫问苦的事，是家乡的伙伴抑制不住兴奋打电话告诉他的，他又抑制不住兴奋告诉身边的工友们。工友们得知习总书记所到的地方是他的家乡后，就告诉他，不要再打工，赶快回去看看。

龙先兰就这样回到了十八洞村。

回到十八洞村的龙先兰，第一件事就是找当时的村主任施金通要钱。施金通说没有，他不信，又找到当时的扶贫工作队队长龙秀林要钱。

龙秀林说，先兰，有了党的关怀和温暖，有了脱贫致富的思想、政策和理念，就是最大的财富、最大的金钱。扶贫不仅仅是送钱给物，更主要的是扶志，等、靠、要是没有志气的表现。你回来了，是好事，说明你有眼光，

▲ 龙先兰和吴满金结婚照

看到了我们十八洞村的未来和希望，我和扶贫工作队的人会全力支持你、帮助你。

可是说起来容易做起来难，要这样一匹野马彻底收心，好好发展，不是一件容易的事。

龙秀林到十八洞村扶贫前，是中共湖南省花垣县委宣传部副部长，是做人的思想工作的。所以，他决定就从"人"上做龙先兰的文章。他知道，寨子上很多人"瞧不起"龙先兰。他很有必要做出个样子给大家看，那就是让龙先兰重拾做人的尊严。他更知道龙先兰之所以近似"破罐子破摔"，是因为亲情缺失，孤独无助。一个冰冷的、缺爱的人，需要爱来抚慰、需要爱来回暖；一个在醉酒里走夜路的人，需要爱来为他点亮、把他唤醒。于是，他说："先兰，你爸爸妈妈走了，你哥哥来了，以后，我就是你哥哥，有什么难处，有什么想法，有什么委屈，都跟哥哥说，哥哥会尽最大能力帮助你，哥哥不会丢下你。"

龙秀林不是说的场面话，而是真的把龙先兰当成自己的弟弟去关心、关爱。在十八洞村的日子，他一有空就会去龙先兰家，跟龙先兰聊家常、聊世界、聊人生。有时候，买来油盐米菜，就在龙先兰家做饭吃，甚至喝一两口。喝一两口的目的，是为了控制龙先兰的酒量、酒欲，不让他喝多、喝烂，能够自己当止就止，甚至自动放弃，见酒不沾。过年时，他还把龙先兰带回家里一起过年。龙秀林的父母和爱人，都把龙先兰当作亲人，给龙先兰买了礼物，封了压岁钱包。

给龙先兰温暖，不是把龙先兰养起来，是为了给龙先兰力量，让他励精图治、奋发图强。所以，龙秀林又以扶贫工作队的名义给龙先兰联系怀化市安江农校，给龙先兰交了学习培训费，让龙先兰去学习培训，见世面，长知识。两个月的学习，龙先兰极为认真，特别是在参观农业科技园、产业园和观光园时，他感受很深。龙先兰说："我就是通过实地参观学习这些农业科技园、产业园和观光园，才深刻体会到习总书记说的因地制宜，真是太好了。那些农业产业做得好的，都是因地制宜做得好的。我就开始想十八洞村是什么条件、有什么优势，我怎么因地制宜，在十八洞村发家致富。想来想去，我想到了养蜂。十八洞村花种多、花期长、阳光充足、日照时间长，空气清新、全是负氧离子，没有任何污染，所以十八洞村野蜂很多，特别适合蜜蜂生存。于是，我就想养蜂、割蜜，通过养蜂、割蜜发家致富。"

当龙先兰把这些想法告诉龙秀林时，龙秀林特别高兴。他知道，这匹野马再不是一匹醉马，将会是一匹骏马。这匹野马开始有志、有智、有力了。他立刻帮龙先兰联系花垣县的养蜂专业户，让龙先兰学习养蜂、割蜜。天资聪明的龙先兰，很快就掌握了养蜂割蜜技术。学成归来的龙先兰试着养了四箱野蜂，当年收入五千多元。2019年养了五十多箱，可产原生态蜂蜜五百斤，一斤两百元，年收入十万元。

龙先兰说，我这是在山里捡了十万元啊！山是野的，花是野的，蜂是野的，蜜也是野的，我不费吹灰之力，不是捡的是什么？

说是捡的，其实是辛苦得来的。为了掌握蜂群的生活习性，他每天都会蹲在蜂箱前观察，甚至跟着蜜蜂，观察蜜蜂采蜜。久而久之，他能肉眼看出蜜蜂的喜怒哀乐，分辨出哪只蜜蜂是门卫、哪只蜜蜂是清洁工、哪只蜜蜂有心事、哪只蜜蜂有喜事。对这些蜜蜂，他就像对待自己的"小宝宝"。雨天，他会盖上薄膜，为蜜蜂遮雨；冬天，他会披上棉被，为蜜蜂御寒；有事没事，他都会跑到养蜂场，看看蜜蜂们是否安全，以防有什么动物钻进去搞破坏。生活的甜蜜，是用辛苦的汗水换来的。

有了钱，就有了找女友娶媳妇的底气。在扶贫工作队为十八洞村青年举行的相亲会上，龙先兰认识一个叫吴满金的女孩。哥爱妹有情，妹

▲ 龙先兰和吴满金取蜂蜜

爱哥有意。十天半月就糯米粑粑滚白糖,越滚越黏糊,越滚越甜蜜。本以为白糖溶进粑粑里了,吴满金的父母却坚决反对。吴满金的母亲就是从十八洞村嫁出去的,娘家的情况哪能不知?他们不相信龙先兰这么快就变样了,坚决不允许吴满金跟着他。

龙秀林哪能看到一对鸳鸯被棒打,以龙先兰哥哥的身份,亲自带着龙先兰上门求亲。之后,又带着龙先兰上门认亲。扶贫工作队队长都这么看得起未来的女婿,吴满金父母终于不再固执己见,把吴满金嫁给了龙先兰。

迎娶吴满金那天,几十面苗鼓敲了一天一夜,几十个苗歌手唱了一天一夜。整个十八洞村的人都去了,整个扶贫工作队的人都去了,在十八洞村检查扶贫工作的花垣县委副书记彭学康得知后，也特地赶去给龙先兰和吴满金道喜祝贺。

当得知龙先兰和吴满金想注册一个蜂蜜商标却不知道怎么注册，也不知道取什么名字好时，彭学康把龙先兰和吴满金名字各取一字，取名"十八洞金兰野生蜂蜜"，以纪念小两口结金兰之好、过甜蜜日子，当场安排工商部门帮他们注册。那婚礼真是简朴而风光啊！龙先兰感动得当场落泪。婚礼上，他动情地说，三年前，我什么都不是，就是路边上的一个酒鬼、穷鬼、癫子、醉汉；三年后，我脱贫了致富了、结婚了脱单了，我要感谢乡亲们不嫌弃我、没有抛弃我，感谢扶贫工作队亲人一样关心我、拉扯我，更要感谢习总书记，没有习总书记来十八洞村关怀我们、鼓励我们，我就不会回到十八洞村，就不会攒劲搞，就不会有今天的幸福生活。我还要攒劲搞、加油干，用实际行动感恩党和政府，回报社会。

龙先兰没有食言。新婚后，他不但与吴满金相亲相爱，勤俭持家，还牵头成立十八洞村苗大姐养蜂合作社。他把十八洞村的5户贫困户组织起来，给他们免费传授养蜂技术，一起养蜂，一起割蜜，一起销售，把养蜂做成十八洞村的品牌产业。他们的蜂蜜坚决不掺一滴水，坚决不放一粒糖，卖诚信蜜，卖良心蜜。结果越卖越红火，越卖越有名。以前，一斤野生蜂蜜只能卖到一百元；如今，一斤两百元还供不应求，早被人预订完。龙先兰说，我们这是干甜蜜的事业，越干越起劲。

龙先兰不但带领同村贫困户共同脱贫，还开始带头参与各种公益事业。民居改造，村路整修，他都不用招呼，积极参与。十八洞村有很多野生动物和珍稀植物，但经常被盗猎、盗伐，龙先兰看在眼里急在心上，主动向扶贫队请缨，组织护林队，他当队长。护林队的年轻人，每

天都在山林里轮流站岗、放哨、巡逻，抓盗伐盗猎者，促环境保护。为宣传环境保护，维护十八洞村的美丽家园，龙先兰和护林队的年轻人别出心裁地赤裸上身，贴满树叶，一人身上写一个字，站成一排，就是"保护森林，爱护家园""保护家园，造福子孙"。他们还把这些宣传活动拍成照片，放到网上，以引起更多人关注环境保护、爱护美丽家园。

一个昔日近似流浪的"醉鬼"，成为乡村文明的模范。

让人感动的是，这个过上甜蜜日子的苗家青年，一样不忘甜的根源。当我们问他有什么心愿时，他跟石爬专、施成富两家人一样，最想的是给习总书记带两斤野生蜂蜜，让总书记也分享分享一个十八洞村孩子心中的甜。幸福的脸上，春风和畅。那陶醉的眼神，好像他已经把蜂蜜送到总书记手上一样。

是的，走进十八洞村，十八洞村每一个人的脸上都是幸福的，也是甜蜜的。幸福而甜蜜的春风，洋溢在每个人的脸上和心里，变成花朵，次第盛开。

2 贫困帽子被丢进大山深处

神山村位于大山深处，土地贫瘠、交通不便，曾是典型的贫困村。2015年，全村54户231人，人均可支配收入3300元，有建档立卡贫困户21户50人，贫困发生率22%。因为山高路险，神山村长期为穷所困，鲜为人知。

2016年春节前夕，习近平总书记冒雪来到村里，看望慰问乡亲们。自此，神山村有了名气。先是道路拓宽，再是旧房改造，接着旅游兴起，神山村旧貌换新颜。江西省井冈山市创造出"红蓝黄"精准识别模式，织就细密的脱贫保障网，于2017年初率先脱贫出列。神山村则是"率先中的率先"，一户一亩竹茶果、一户一栋安居房，广开农家乐，织密保障网，贫困帽子被丢进大山深处。

脱贫故事，为何越来越多

村民彭夏英说，以前她和丈夫张成德先后患病，被识别为建档立卡贫困户。习近平总书记来时，在她家座谈半个多小时。

"总书记一间一间房子看，跟我们算收入支出账。"那天的对话，彭

▲ 脱贫之前的神山村

夏英记得很牢。"总书记问，黄桃、茶叶收入稳定吗，可持续吗？我说有分红，还拿股权证给他看。问电视能收几个台？我说有四五十个，总书记就拿遥控器查看。"

2016 年春节刚过，"成德农家宴"开了张。这是神山村第一家农家乐。彭夏英和张成德犯过嘀咕，本来就是贫困户，万一不挣钱咋办。没承想，游客纷至沓来，最多时一天八九桌，一家人忙得团团转。

"一年能挣好几万，黄桃、茶叶有分红，土特产还能卖万把元。"彭夏英说，2018 年新增了民宿，10 个床位，增收 4000 多元。

生活有保障，脱贫可持续，彭夏英和张成德心里的石头，终于落了地。

这一年的春节，外出村民都返乡过年。彭小华和妻子决定，这回不走了，就在家乡创业。

下这个决心，其实不容易。

"过去也创业，养过娃娃鱼、竹鼠、山羊，跑过班车，开过店。最难的时候，到河里挑沙子卖。"回首过去，彭小华感触良多，"失败一次，就换一个从头再来，只想走出一条路。"

彭小华会养蜜蜂。可头几年忙于生计，照顾不周，20 箱蜜蜂越养越少，最后只剩 5 箱。返乡后，他有时间有精力，2018 年把规模扩大到 40 箱，不仅卖蜂蜜，还卖蜂种，一年少说能挣两三万元。再加上农家乐、民宿，日子比蜜甜。

村里的笑脸墙上，10 多位村民开怀大笑的瞬间，被照相机定格。

"总书记讲'不能落下一个贫困家庭，丢下一个贫困群众'，神山村已经实现了。"当过 12 年村委会主任的赖福山，把点滴变化全看在眼里。"村民的精神面貌真是大变样，不像过去天天愁这个、愁那个，不知道怎么发展。"

神山村越来越神气，先后被评为江西省 4A 级乡村旅游点、中国美丽休闲乡村、全国文明乡村。

一方水土，何以富裕全村

黄洋界，八角楼，神山村夹在中间，位置得天独厚。品尝到旅游的甜头后，神山人认准这条"致富路"，一股脑冒出 17 家农家乐。

可搞旅游，毕竟是新鲜事，说起来易，做起来难。

论空间规模，神山村地域太小；论旅游产品，神山村相对单一。游客慕名而来，不大会儿就看完，顶多拍个照、打几下糍粑，往往饭都不吃就走了。

"服务水平、硬件都成问题，很多团队一听说村里的接待能力，就不来了。"游客需求多样化，神山村却满足不了，即使游客越来越多，但能留下来的少，村民也挣不到钱。

2018 年的一次接待活动，让村干部李石龙长了见识。服务人员都是借调来的，全程专业化、标准化服务。

▲　脱贫之后的神山村

　　"我们的农家乐，客人坐下，想喝茶没茶，用餐没纸巾，吃完饭没牙签。"李石龙坦言，不赶紧改变，肯定难长久。

　　"政府扶持我们，不是抚养我们。要是富裕不起来，那就辜负了总书记的期望。"彭夏英也担心，单打独斗，成不了气候。

　　一方水土，何以富裕全村？神山村寻路心切。

　　村里的全国人大代表左香云，领衔旅游协会，对外跑市场，对内统一分配客源。村里改造进出黄洋界的古道，建成红军小道，将附近红色遗址穿珠成链；依托扶贫大讲堂，开发精准脱贫课程，成立好客神山旅游股份有限公司，对接红色旅游培训机构。

致富果子，以何越结越实

新房即将完工，村民赖福山和儿子商量，只留一层自住，其他租出去，用来做民宿。

"一年租金 6000 元，有客入住，一间房一晚还能得 10 元。"这事，一家人都赞成。赖福山笑道，"我们也想沾沾旅游的光。"

神山村有两个村组，一个是神山组，一个是周山组，相距 1 公里。老话说，自古神山一条路，走到周山路一条，必须原路返回。虽属一个村，倒像两个世界：神山组游客爆棚，周山组鲜有人至。

2017 年，有企业到神山村开发民宿。仅有 15 户的周山组，有 7 户签了房屋出租合同。

"少数人富不算富，共同富裕才是真富。"挂点联系神山村一年多，茅坪乡干部李燕平说，"要让更多村民融进来，一起增收致富奔小康。"

"脱贫致富奔小康，神山村一开始要做的事很多，变化比较明显。现在做提升，劲都使在暗处。"在刘晓泉看来，这是必经的阶段。"后续发展要靠市场，不然现在搞得漂漂亮亮，没有市场主体运营维护，难免走向衰落。"

一系列动作，正悄然展开。向外看，黄洋界、神山村、八角楼连点成线，一条精品旅游线路即将打通。向内看，神山学院规划设计完成，糍粑小镇加快推进，民宿改造雏形渐显。

那年跟习总书记一起打糍粑的李宗吾，刚把客厅的水泥地换成水磨石，二楼正逐间改造。他还有个计划：收拾一下存放杂物的仓库，夫妻俩住过去；腾出来的房子，全部做民宿。

　　之前，儿子贷款做生意失败，李宗吾再遇事，坚决不贷款。可看到企业投资的民宿项目进展飞快，他有些坐不住。这天，正巧赶上井冈山农商行来做金融扶贫宣讲，他也领了一张票去听。

　　"生活好的过得更好，生活一般的上台阶，让致富果子越结越实。"左香云也在找资金，想帮村里修条旅游环形路，沿线增设摊位，让住得偏的村民也来挣钱。

　　雨后的井冈翠竹身姿渐挺，愈发显得青翠、坚忍、顽强。

　　"过段时间你们再来，一定又有新看头！"这是村民们挂在口头的话，更是他们的自信与乐观。

3 用生命谱写一曲脱贫攻坚赞歌

黄文秀、李夏冰……他们用脚步丈量大地，用汗水温润热土，用生命为群众蹚出摆脱贫困之路。据《人民日报》载，截至 2019 年 6 月底，在没有硝烟的脱贫攻坚战场上，全国有 770 多名扶贫干部牺牲。

"为有牺牲多壮志，敢教日月换新天。"一位领导干部在扶贫路上写下《为了那份庄严的承诺》：

这条路你究竟走了多少趟／哪怕风再急雨再狂／这扇门你究竟进了多少回／寒冬送暖盛夏送凉

也曾遭遇过坎坷／也曾经历过彷徨／为了那份庄严的承诺／你把坚强锁进胸膛

人生能有几回搏／再难的关也要闯／扶贫路上一个都没有少／快乐在你的心头荡漾

这番话你究竟说了多少遍／哪怕磨破嘴喊破嗓／这件事你究竟费了多少心／起早贪黑五味备尝

谁愿意独在他乡／谁愿意孤对月亮／为了那份庄严的承诺／你把大爱捧在手上

人生能出几段彩／再多的累也要扛／小康路上一个都没有少／幸福在你的脸上放光

▲　民丰村召开中队例会，部署脱贫攻坚阶段性工作

《为了那份庄严的承诺》是一支动听的歌，是一首奋进的诗，更是一种大写的爱。

2019年2月25日，是万宁市北大镇民丰村驻村第一书记、脱贫攻坚中队中队长李夏冰，在扶贫岗位上的最后一天。当晚，他组织贫困户观看海南省脱贫致富电视夜校、讨论如何发展养殖产业时，突感胸闷难受，村干部建议其去医院看病，而他只是喝了口水，舒缓了一下，继续工作。深夜3时许，李夏冰因心肌梗死去世，生命永远定格在50岁。

2016年初，海南省开展五年脱贫攻坚大会战，李夏冰第一时间响应号召。在3年驻村帮扶工作期间，他所帮扶村共脱贫64户166人，完成危房改造35间，教育帮扶52户77人，实现贫困人口就业69人，帮助1个贫困村完成整村脱贫出列目标。

群众眼中，李夏冰是一心为民的好书记，走在村子里，群众把第一书记亲切地称作"李主任"。

2016年初，太阳村特困户李高穿、吴家林2户长期困难，李夏冰想方设法筹措资金，帮助他们改善了居住条件。

太阳村鄞春三夫妻正值壮年，却因思想懒惰，找不到工作。李夏冰耐心劝说，帮助他们加入果园基地合作社进行务工。当年鄞春三夫妻靠打工脱贫，在政府补贴的基础上，进行了危房改造。

2017年8月，李夏冰得知曲冲村贫困户文牛蛮、文亚全吃用村里的浑浊井水后，主动上门做工作，劝其安装自来水。可他们不以为然，认为自己吃这么多年都没事，水源安全没有问题。李夏冰自掏腰包，主动为他们安装自来水管，解决饮水安全问题。

2018年，是万宁市脱贫攻坚"关键年"。10户贫困户危房改造项目存在缺少沙土、砖块等问题，在李夏冰的协调、督促、管理下全部改造完毕，顺利入住。2018年11月底，民丰村委会顺利通过整村脱贫验收工作。

"我家危房改造时就因缺资金迟迟没法完工，多亏李主任帮助，才筹集到资金。"贫困户黄家和一家早已搬进宽敞明亮的新家。他说，"只要看到新房，就会想起李夏冰，就想哭。"

"每当夜幕降临，我们收工回家，没多久肯定能听见摩托车的'轰隆'声，那是李主任骑着摩托车来家访。"贫困户杨胜英还清楚记得李夏冰家访时的场景：摩托车停在门外，李夏冰笑着进门，手里拿着的是笔和本，一边问一边记。家访完，李夏冰不抽烟、不喝水、不吃饭，又

是一阵"轰隆"，马不停蹄地赶去另一家。

"谁家老人患慢性病，谁家孩子上小学，谁家有劳动力能干个小活，他都清楚。"村干部黄春兰说，李夏冰一心为公为民，从来不计较个人得失，时常会自掏腰包帮贫困村民解决困难，他做事实在，又关心群众，他就是我们老百姓的知心人啊！

"老李工作起来废寝忘食，也因为这样，他落下了严重的胃病。"回忆起李夏冰，村支书陈霖十分痛心，哽咽着说。

连续奋战3个月，牺牲节假日及双休日，经过李夏冰带领村党支部一班人的努力付出，如今村里水、电、路等基础设施不断改善，村民小组活动室宽敞明亮，人均收入显著提高。在民丰村这片1.95平方公里的土地上，李夏冰用脚步丈量出光辉的历程。

在领导和同事眼中，李夏冰是一位优秀的党务工作者，是热爱事业的"拼命三郎"。

"对待工作一丝不苟，现代版的'拼命三郎'。"这是曾和李夏冰一起驻村两年的市旅游委扶贫工作队队员陈延皓对他的评价。

李夏冰在派出单位——市旅游委分管党务工作，他平时都在关注困难党员职工的家庭情况和生活现状，经常组织走访和慰问困难党员职工。当他了解到有的退休老党员由于家庭地址多次变迁与党组织失去联系后，李夏冰通过同事、朋友多方打听，多次专程登门拜访，最终完善了旅游委党员联系簿。他还坚持定期回访老党员，重新搭建起老党员与市旅游委党组织的"连心桥"。

李夏冰担任驻村第一书记后，凭借扎实党务功底，通过团结村"两

▲　驻村工作队查看民丰村绿化美化亮化建设情况

委"班子，严格落实"三会一课"和民主评议党员等制度，定期开展村党支部主题党日活动，不断提升党支部的创造力凝聚力战斗力，把党员打造成扶贫"排头兵"。

　　按照抓党建促脱贫攻坚的总体思路，李夏冰利用召开党员大会、观看"两学一做"电视夜校等时机，带领党员积极学习脱贫攻坚的相关政策和各项惠民措施，让党员成为政策的"宣传员"，把扶贫政策传播到各家各户。他在村里建立起党员结对帮扶贫困户台账，充分发挥党支部战斗堡垒和党员先锋模范带头作用，为打赢脱贫攻坚战奠定坚实的组织基础。

　　说起李夏冰，北大镇党委书记文万会的眼眶禁不住红了，他翻开李夏冰生前微信上汇报工作的记录：2018 年 11 月 18 日 4 时 43 分发来贫困户信息汇总表，5 时 12 分发来贫困户危房改造相关情况图片，6 时 13 分发来脱贫验收申请表……"他就是这么拼，自他到民丰村以来，每天工作汇报都很主动、很及时，而且思路清晰，还列出工作清单逐项落实。"

　　"他是一个不诉苦，有干劲的人。"万宁市委组织部组织科工作人员杨子超回忆李夏冰时说，2018 年市委组织部领导多次到民丰村督导检查

驻村第一书记的工作，几次询问李夏冰驻村工作和生活是否存在困难，"李夏冰都回答称'工作没有大的困难，都有办法解决，生活上的困难可以克服'。其实，民丰村地处山区，条件特别艰苦，可他从来没诉过苦。"

就在李夏冰去世前，他还心系工作，白天召开中队例会，给新来的扶贫工作队介绍情况，做好工作交接；晚上继续组织贫困村民观看省脱贫致富电视夜校节目，在节目播放结束后把新的扶贫工作队介绍给贫困村民，只为了让扶贫工作不断档。

李夏冰一人奋战在驻村扶贫最前线，但全家人都在背后支持他，老少三代一起"扶贫"。

在后安镇金星村委会大坑园村小组李石民家，坐在木椅上90岁的文月连阿婆，时不时地朝大门口张望。她2个多月没有见到四儿子李夏冰了，家人告诉她李夏冰在海口住院。她问二儿子李石民："老四好点了吗？"李石民强装欢笑："病快治好了。"所有人都对她封锁一个悲伤的消息，担心她承受不住晚年丧子、白发人送黑发人的打击。

2019年4月21日是星期天，文月连阿婆算着李夏冰该回家了，闹着要去李夏冰家，两家间隔不到1000米。她说："我去看看，老四该回家了。"被李石民妻子死死拦住了。

这位头发花白的慈祥老人，望眼欲穿，但今生永远见不到她最疼爱的"老四"了。

在后安镇政府大院，有一排20世纪70年代盖的平房，其中2间房共50多平方米，这就是李夏冰的家。一间作客厅，墙上有一条长6米的缝隙渗漏水，天花板长着大块的淡淡青苔，窗户是现在很少见的木窗，防盗的铁管锈断，屋顶的横梁水泥混凝土表皮脱落，露出锈蚀的钢筋；朝北的住房窗台表面被雨水泡得全部开裂、翻起，露出的水泥皮，手指轻捏，立即变成粉尘。后院盖一块大铁皮，是三面透风的餐厅。

李夏冰妻子黄小龙说："他天天忙着改造贫困户的危房，我还等着他改造自家的危房。"但她永远等不来一生最爱、相伴相随 25 年的丈夫。

李夏冰的大儿子李权运自幼右耳失聪，听力二级残疾，大学毕业后没有找到工作。2018 年 4 月 20 日，他报考大茂镇政府党政办科员岗位没有通过。李夏冰希望他："做能为群众办点事情的有用之人。"告诫他不能闲着，荒度青春，先找到工作，边工作边参加各级公务招聘考试。李夏冰过世前些天承诺，等扶贫工作结束后，再陪大儿子多参加几次招聘会，定能帮助他找到心仪的工作。大儿子却永远等不来父亲，再一次陪他参加招聘会。

李夏冰对小儿子心怀愧疚，2017 年是小儿子李儒程中考的关键时刻，也是李夏冰扶贫工作最忙的时候，一星期只有一天回家，根本顾不上辅导其功课。而妻子黄小龙又辅导不了他的功课，结果小儿子中考成绩比预想的差很多。李儒程近期常在睡梦中哭醒，他梦见自己像小时候一样，坐在爸爸的摩托车后座上，去兜风、逛市区吃特色小吃、买玩具。但小儿子却永远等不来父亲，再一次带他去兜风、逛市区了。

李夏冰的背后是老少三代在支持他，都在"扶贫"。老少三代付出的母子之情、夫妻之情、父子之情，在李夏冰身上化为人间大爱，滋润着贫困村民的心田。

4 一位院士带动一个少数民族县

五年前，这里是少数民族占全县总人口 79% 的"直过民族"聚居区，贫困发生率为 29.33% 的脱贫攻坚主战场，全县人均受教育年限仅为 6.3 年的封闭落后的边疆地区。五年后，这里的贫困发生率由 2015 年的 41.17% 下降到 2019 年的 1.61%，贫困人口从 2015 年的 16.67 万减少到 2019 年的 0.69 万，实现从深度贫困的"民族直过区"到"云南省科技扶贫示范县"的跨越。

曾经搁置的"冬闲田"变成"效益田"，平均亩产 3300 公斤冬季马铃薯；未曾开发利用的人工松林，成功开辟出科学种植有机三七；昔日人畜共居、污水横流的山村，变成了亮化、绿化和美化的美丽村寨……中国工程院院士朱有勇的定点科技帮扶，推动澜沧拉祜族自治县发生深刻变化。

变化一：科技创新使高原特色优势产业日益壮大

2015 年，朱有勇接到去与缅甸接壤的澜沧拉祜族自治县进行驻乡扶贫的任务。当时，刚刚过完 60 岁生日的他来到距昆明约 600 公里的澜沧县。

澜沧县位于我国滇西南边陲，县内边境线长达 80.5 公里。少数民族占全县总人口的 79%，其中拉祜族、佤族、布朗族是由原始社会跨越几种社会形态、直接进入社会主义社会的"直过民族"。这里自然资源富集，生态环境优良，立体气候明显，但由于社会发育程度低、交通信息闭塞、教育水平低等原因，当地经济基础薄弱、生产方式落后，长期靠天吃饭，贫困面广、贫困程度深。

改变从深入了解开始。朱有勇长年致力于生物多样性控制植物病害的研究，一到澜沧县，他就带领团队对当地的气候、土壤、降雨等自然条件进行科学分析、对症施策，将当地缺什么和有什么有效结合起来，根据当地独特的地理气候条件和丰富的资源禀赋寻找突破点，找准发展高原特色现代农业的新方向。

澜沧县境内有 20 万亩退耕还林的思茅松，朱有勇团队欣喜地发现：云南松、思茅松与三七之间具有相融相生的特性，松林可以为三七提供天然"凉棚"，而松树挥发、淋溶的哌淊类化合物、松林下的土壤微生物、松针掉落后腐烂所形成的有机质，都能促进三七生长，还能抑制病原菌的生长。松林气候环境也非常适宜三七生长，发展林下有机种植还能有效缓解因连作障碍导致的土地匮乏问题。

朱有勇和团队经过大量艰苦的实验、试点、示范，构建了严格的技术标准和规范，成功攻克相关难题，创建起林下三七有机种植关键技术体系，确保林下三七产业的科学性和市场竞争力。

运用这种技术体系，利用林下资源让三七的生产从农田重新返回到适宜生长的原生态环境中去，不使用遮阴网、不使用一滴农药、不使用一粒化肥，在保证药材优质生产的同时大大降低了生产成本，实现了

▲ 朱有勇院士讲授林下三七种植技术

以药材品质为导向的种植技术创新。这样种植出来的三七，既满足市场对生态有机中药材产品需求，又不与粮和菜争地，探索出产业发展的新路径。

　　有纵深突破，也有横向拓展。朱有勇坚持依靠科技发展产业和制定规划，将"输血式扶贫"转变为"造血式扶贫"。在他的带领下，林下三七、冬季马铃薯、冬早蔬菜、早熟葡萄种植和禽畜养殖等项目示范点建设不断拓展。迄今已建立林下三七科技成果示范样板 11 个，示范种植 7305 亩；在竹塘乡蒿枝坝开展 100 亩冬季马铃薯示范种植，当年平均每亩为农户增收 3000 至 5000 元，示范带动效果明显。2017 年示范种植扩大至 1000 亩，2018 年推广种植 10000 亩，2019 年冬季种植 15000 亩。示范种植冬早蔬菜 100 亩，已带动周边农户种植 600 余亩，初步建成冬早蔬菜种苗基地。通过多个科技扶贫示范项目基地，持续将科技创新成果转化为生产力。

在推进产业脱贫中，朱有勇探索出"政府＋企业＋科技人员＋农户＋社会组织"的科技扶贫新模式——地方党委、政府抓统筹、抓监管，企业出资金、找市场，院士专家出技术、出标准，农户出林地、出劳力、获得报酬，协会、合作社负责行业协调。这种模式构建起政府、企业、专家、农户等多方之间的利益连接机制，让各方的积极性都能在产业中体现，具有示范、复制和推广的意义。

当地人算了笔账，承包林地种植林下有机三七的农户，不仅可以获得管理林地、劳务所得、土地流转等方面的收入，还将获得该地块企业利润的 15％分红。按照每户农户出租、管理 10 亩林下有机三七计算，第一年收入可达 2 万余元，实现脱贫；第二年可收入近 8 万元。

变化二：科技培训的作用日益凸显

在澜沧县，群众文化素质普遍偏低，封闭的自然地理环境、独特的民族习俗和语言文化，素质性贫困是当地贫困的重要原因。

朱有勇团队开展有针对性的职业教育、素质教育，传播文化知识和科学技术，让贫困群众尽快补齐科学文化素质短板、提高农业生产技能。

朱有勇协调整合云南农业大学教师和澜沧职中教师团队，创办"乡（镇）农技人员＋学员＋农户"模式的院士专家科技扶贫指导班，包括全日制的长期班和各种实用农业技术的短期培训班。以在澜沧的各个产业示范点为实训基地，面向全县各乡（镇）农户招生，立足实际，培养职业技术人才，采取边学习边生产的方法，面对面、手把手将农业生产技能传授给广大贫困群众。毕业考核不笔试，就看谁学习之后种出的产量高。产量最高的农户，还会得到朱有勇院士自己出资设立的奖学金以

资鼓励。

目前，院士专家科技扶贫指导班已陆续开展林下三七、冬季马铃薯、蔬菜、中药材资源、畜禽养殖、电子商务等培训班共计 24 期，培训农民学员 1500 余名，村组干部 600 多人次，涌现出近千名致富带头人。这些培训班学员学成返乡后，成为当地科技脱贫的骨干，像一颗颗脱贫致富的"种子"撒遍澜沧大地，形成脱贫攻坚的"星星之火可以燎原"之势。

这也是朱有勇的心愿：脱贫致富的内生动力不断提升，实现了"要我发展"到"我要发展"的根本性转变，同时使得科技培训在长效扶贫脱贫过程中的助推作用日益明显。

朱有勇还有更长远的想法。在成功举办多期培训班的基础上，针对民族贫困区发展特色农业技能型人才匮乏的实际，他积极推动兴办勤工俭学、半工半读、教育与生产劳动相结合的新型职业学校，旨在培养一批面向农村的技能型人才、致富带头人和新一代农民，走一条具有地方特色的职业教育扶贫道路。

这将实现科技培训覆盖当地全部农村人口，并辐射带动周边的西盟、孟连两个贫困县，使"边三县"更多适龄青年和贫困群众接受职业教育和职业培训，促进继续升学或就业创业，推动区域经济社会发展和脱贫攻坚。

变化三：科技扶贫影响日益深远

从田间地头到山间林地，从基层一线到农户家里，朱有勇带着团队跑遍澜沧县的全部 20 个乡镇。朱有勇的家在昆明，三年来他已记不清

▲　竹塘乡蒿枝坝 100 余农户正在种植冬季马铃薯

往返昆明和澜沧多少次。

　　为最大限度帮助农户增加收入，朱有勇将自己的林下有机三七种植技术与知识产权无偿教授和赠送给广大农户。林下三七和冬季马铃薯产业在推广初期，很多农民都心存怀疑。朱有勇就和农民同吃同住，一起下地干活，用通俗易懂的方式反复讲解和示范，最终让农民通过沉甸甸的收获和实实在在的收入相信了科技的力量。

　　朱有勇心系脱贫攻坚事业的精神打动、感召和激励着他身边的科研人员，云南农业大学 50 多名教授、博士和硕士纷纷加入朱有勇的团队，把论文写在祖国的大地上。朱有勇把科研团队从学校带进"扶贫大军"，以广阔的澜沧大地为实验室，将科研成果转化成帮助村民脱贫致富的真招实招。

仅仅三年，澜沧县当地种植、养殖产业逐渐发展壮大起来，村民钱包鼓起来，农村面貌发生显著变化。不少农户实现人畜分离，鸡圈、猪圈收拾得很整洁，冲水式公共厕所逐步推广起来。当地村民素质得到显著提升，精神面貌进一步发生转变，焕发出向上好学的劲头、奔头。

村民实实在在增加收入，地方切切实实改变面貌，贫困群众从靠天吃饭到坐上脱贫致富的"高速列车"。当地人亲切地将朱有勇在澜沧县竹塘乡蒿枝坝村的住所，称为"院士小院"或"科技小院"。

朱有勇跟当地村民结下深厚的友情。杀猪饭是当地的一种民族风俗，每逢这种盛宴，村民们都会邀请朱有勇去家里分享，这是村民们表达尊敬和感恩的最高礼俗。好几次朱有勇要离开村子时，就有不少村民自发跟在后面，一起唱着当地的民族歌曲《实在舍不得》："最怕就是要分开，要多难过有多难过，最想的就是你再来，要多快乐有多快乐……"

每逢这种情景，朱有勇这个爽朗豁达、铁骨铮铮的高原汉子都忍不住眼眶湿润，"现在他们离不开我，我也离不开他们。"

5 "人民教育家"乐当入党介绍人

2018 年 6 月，天镇县委组织部收到一封特殊的入党推荐信，信是年过九旬、有 75 年党龄的中国人民大学教授卫兴华亲笔手书，被推荐人是一名普通的天镇保姆——康金花。2019 年获得"人民教育家"国家荣誉称号的卫教授，为何给一名普通的保姆做入党介绍人呢？

故事要从天镇保姆品牌打造之处说起。

"天镇保姆"品牌是天镇县在脱贫攻坚实践中，成功走出来的一条脱贫路径，荣获"2015 年全国十大社会治理创新奖"。截至目前，天镇县已向北京、天津、太原等地成功输出保姆 8300 余人，人均年收入 3.5 万元，每年创造劳务收入达 2.5 亿多元，带动 1 万多名贫困人口稳定脱贫。8 名妇女在美国、加拿大就业，月收入万元以上，创造巨大的政治效益、社会效益和经济效益。

"苦日子"逼出的脱贫计

天镇县位于山西省东北部，地处晋、冀、蒙三省（区）交界处。全县辖 12 个乡镇，227 个行政村，总人口 22.56 万人，农业人口 19.1 万人。

长城、古堡、名刹……众多历史文化遗迹，见证了这个塞北边城辉煌而厚重的过去。

然而，当时间跨越到现代，这座古老的小城却备受贫穷困扰，国家级扶贫开发工作重点县、燕山—太行山连片特困地区、山西省十个深度贫困县之一，一顶顶贫困帽子压得干部群众直不起腰。脱贫致富是天镇县面临的当务之急。穷则思变，变则可通。天镇县农村富余劳动力 5.4 万左右，其中妇女 2.6 万人，这是资源优势，再加上天镇距北京不到 300 公里且交通便利的区位优势，打造保姆劳务品牌，进军北京家政市场，潜力巨大。

为了动员大批闲散妇女，踏上创业脱贫之路，天镇县委、县政府一班人深入调研，组成强有力的宣传动员团队，钻山沟、入农户，坐在炕头上不厌其烦地给贫困群众算比对账、增收账、长远账，动员她们冲破"自身观念关、丈夫面子关、子女理解关、村干部思想关、村民舆论关"，勇敢地走出家门，用自己的一双手打拼自己的幸福生活。

2012 年，天镇县阳光职业培训学校挂牌成立，首批报名学员 23 名。从坐姿站姿、沏茶倒水，到菜肴烹调、家居保洁、家电使用，严

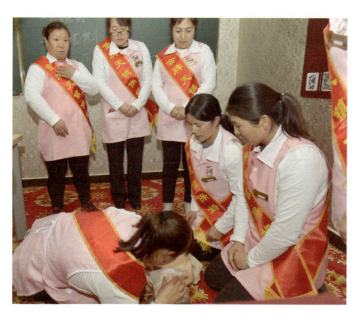

▲ 天镇保姆成人护理培训现场

格的培训，使得这些准保姆练就一身过硬的持家本领。2013年农历腊月二十四，"天镇保姆"驰援北京春节期间"保姆荒"，23名保姆两天内全部顺利就业上岗，凭借勤劳、善良、朴实、诚信的品质和娴熟的家政实操，以及服务"三承诺"——滴滴一响、保姆到岗，服务不满、随时调换，工作提档、工资不涨；诚信"四心级"——交给钥匙放心、交给小孩放心、交给老人放心、交给锅灶放心的品牌特色，很快得到京津家政市场的认可。2013年4月，央视《朝闻天下》"走基层——天镇保姆进京记"中，"天镇保姆"品牌第一次在全国人民眼前闪亮登场。此后，"天镇保姆"品牌越叫越响，天镇保姆不但在京津扎下根，还走出国门，进入美国、加拿大市场，工资每月11000—20000元。

"绣花手"撑起顶梁柱

2015年春天，康金花咬着牙走进天镇保姆培训基地的大门，成为天镇县脱贫攻坚"保姆军团"中的一员。

康金花是三十里铺村一名普通的农村妇女，家里十来亩薄田，盐碱化严重，夫妻俩一年忙到头，日子还是过得紧巴巴的。贫贱夫妻百事哀，老人看病、孩子上学，四处借钱四处碰壁，让她尝尽生活的辛酸，刚过中年的她，皱纹早早爬满额头眼角。男人是老实巴交的庄稼汉，所有的本事都在犁耙锄镰上。

"说话唯唯诺诺，不敢抬头看人，看得出，贫穷的生活让她心理极度自卑。"说起初见康金花的印象，天镇县阳光职业培训学校校长李春这样说。

在这座号称"保姆大学"的培训基地，她接受了系统的家政服务培

训，小到站、坐、行、沏茶倒水等礼仪细节，大到菜肴、烹饪、营养配餐、家居保洁、电器使用、衣服洗涤收纳，以及老、病、幼、孕照料护理，涵盖家政服务方方面面。经过一系列正规培训，2016 年 5 月 20 日，康金花如愿踏上去北京的列车，尔后受雇于北京一家退休干部家庭。

康金花吃苦耐劳、淳朴善良的品质，深深打动了这家退休干部家庭。康金花的工资也从每月 2500 元一直涨到 5500 元，高于当地中级教师的工资，每年能给家里带回 5 万元的收入，支持家里买了 50 只羊，还承包两个蔬菜大棚。女儿大学毕业，被北京一家外企录用，月薪 1 万多元，儿子顺利考上大学，这个曾经贫穷的家庭，搭上了致富的列车，这个原本阴云满布的家庭，又恢复了往日的欢声笑语。"好日子不会天上掉下来，咱女人这双手不单单能绣花做饭，也能撑起一个家"，康金花自信地说。

观念的壁垒一旦打破，涌动出的是滚滚的务工脱贫热潮，带回来的是实实在在的经济效益。在京保姆一个月的工资甚至高于当地农村贫困家庭一年的收入，随着"一人走出去，全家能致富"这句口号变成现实，保姆输出已成为当地贫困家庭脱贫的主要产业之一。

"新理念"谋划出升级路

"天镇保姆"这一品牌叫响后，保姆需求与日俱增。然而，让"天镇保姆"进一步发展面临诸多现实困难：培训机构软硬件条件差，适龄劳动妇女越来越少，保姆输出数量逐步呈现萎缩态势，品牌升级势在必行。

"天镇保姆"品牌发展遭遇瓶颈。与此同时，康金花的家政工作也遇到挑战。卫兴华教授晚年笔耕不辍，致力经济理论研究，案头工作极为繁重。康金花想帮助老教授分担一些诸如整理书稿、归档文件的基础工作，但自己不懂使用电脑，心有余而力不足。一次，康金花错把卫老的书稿归入资料档案，老教授委婉地批评了她。这让康金花下定决心，要提升自己的知识水平。

到哪里去学？康金花一时间求学无门。

就在她一筹莫展之时，老家传来喜讯。天镇县委、县政府坚持问题导向，因势利导，着力打造"天镇保姆"升级版，走出一条精准扶贫、精准脱贫的新路子，用改革的思路、创新的办法、市场的机制破解"天镇保姆"发展困局。

2017年7月，成功引进国内最大的职业教育集团——北京商鲲教育控股集团，成立"天镇保姆"大同培训基地，基地依托商鲲集团的合作校资源，以先进的办学理念，科学的专业和课程设置，实用的实操设计，实现模式输出、规模扩张。目前，首批学员200人已成功就业。2018年，天镇县与北京大同商会达成合作协议，成立"天镇保姆"北京培训基地，挂牌成立天镇保姆家政服务中心、天镇保姆会员之家、天镇保姆党员之家，"天镇保姆"品牌

▲ 天镇保姆参加计算机培训

正在实现由培养输出一个县的保姆朝着惠及全省各地贫困妇女、由单纯就业向以就业带创业、由劳务输出向品牌模式输出的华丽转变。

2018年，康金花走进"天镇保姆"北京培训基地，进行电脑、打字等内容的再培训，她很快就成为老教授得力的"文案助手"。同年6月，卫兴华教授向天镇县委组织部推荐康金花入党，经过组织的考察，康金花如愿成为一名预备党员。在入党申请书中，康金花动情地写道："感谢党和政府让我重新认识了自己，感谢党和政府让我过上了好日子。"

如今，"天镇保姆"已成为一个特色品牌，一种经济现象，一项脱贫致富的主导产业。"十三五"时期，天镇县继续组织开展"万名巾帼闯京城，劳务增收创新业"行动，拓展打造保姆、保安、保洁、护工"三保一护"特色劳务输出品牌，让特色劳务经济这条精准扶贫之路拓得更宽、走得更长，力争到2020年劳务输出1万人，实现劳务收入3.5亿元，让成千上万个"康金花"实现自己的人生价值，奋斗出属于自己的好日子。

6 "人民满意的公务员"为何有他

　　据新华社 2019 年 6 月 25 日报道，中共中央组织部、中共中央宣传部关于表彰第九届全国"人民满意的公务员"和"人民满意的公务员集体"的决定正式公布，在全党上下深入开展"不忘初心、牢记使命"主题教育，以崭新面貌迎接中国共产党成立 98 周年、中华人民共和国成立 70 周年之际，为表彰先进、弘扬正气，激励广大公务员新时代新担当新作为，建设忠诚干净担当的高素质专业化公务员队伍，中央组织部、中央宣传部决定，授予徐敏等 192 名同志全国"人民满意的公务员"称号，授予中关村管委会创业服务处等 98 个单位全国"人民满意的公务员集体"称号。在这次受表彰的全国"人民满意的公务员"名单中，河北省石家庄市工商业联合会党组成员、秘书长，驻平山县下槐镇南文都村第一书记张端树赫然在列。

　　2016 年 2 月底，石家庄市工商联副主席、扶贫工作组组长张端树带着铺盖卷儿和米面粮油进驻平山县下槐镇南文都村。刚进村时，村里到处残墙断壁、污水横流、尘土飞扬，脏乱差不忍细看。短短 3 年时间，通过引进 11.78 亿元的产业项目，搭建村企合作平台，彻底改变了村里的贫穷落后面貌。

扑下身子挖"穷根"

刚到村里时,张端树两眼一抹黑,扶贫从哪里下手?当天,与村"两委"班子接洽后,他请村支书带着到村里走走,看看村里的大致环境。当时,他们沿着村里泥泞的道路前行,偶尔遇见村民,有的给支书点点头打个招呼,而对工作组要么视而不见,要么只是用余光打量一下,眼神中充满着冷漠与隔阂。

原来,经历多次扶贫,村民对脱贫大都失去信心,认为他们是"葫芦瓢",不过是来"镀镀金"而已。那天晚上,张端树辗转难眠。村里破败的环境,村民不信任的眼神,无不让他感到巨大压力。但是,张端树没有气馁,因为他的家乡在四川省苍溪县,也是贫困山区。他能够理解村民们因贫穷而麻木的心态,一切的一切反而更加坚定了张端树扎根扶贫的决心。

没有调查了解,就没有发言权。张端树带着同事挨家挨户走访。虽然常遇"冷眼",多次吃"闭门羹",但他总是迎难而上,毫不气馁,深挖"穷根"。

经过调查,张端树摸清了村里贫困落后的主要原因。一是人多地少,耕种方式传统,农作物产量少。二是村民习惯自给自足的农耕生活,与外界接触较少,视野狭窄,思想相对保守,等、靠、要观念较严重。三是以往扶贫基本属于"输血式"扶贫,村民增收没有保障,对脱贫致富缺乏信心。

"根"摸着了,那就从"根"上下手。他首先将贫困户划分不同类别和层次,分别采取政策兜底、技术培训、产业带动等帮扶方式,因人

▲ 扶贫干部张端树采取村企协作方式开发的荷花池景观项目

施策、因户施策。村民们看到这次来的工作组与以往扶贫方法不同,逐渐对工作组信任起来。

放下身段做"家事"

张端树在村里工作时,学着说村民的"土话",跟着村民生活节奏吃住和劳动,拉近了与群众的距离。有的村民说:"张书记能和我们一起爬山钻林,不摆架子,不擦凳子,有啥说啥,是个实在人,像个做实事的人。"

为彻底让村民振奋信心,张端树决定开展村容村貌整治。他亲自与企业沟通协调,筹资 600 多万元资金,先后拆除土建厕所 100 多座、猪圈 90 多个、破旧围墙上千米,完成 2000 多米街道的硬化和绿化,铺设

覆盖全村的供水和排污管道，为所有村户改造冲水厕所，装上100多盏太阳能路灯，建成两个文化广场和一个文化长廊，对文化活动室、古戏台进行修缮，村容村貌焕然一新。白天看小村整洁美观，晚上再也不黑灯瞎火。

在整治期间，张端树与村民一起干活，铲土推车，搬石砌墙，哪里脏哪里累哪里就有他的身影。不拿村里一分钱，没吃村民一口饭，但把村里事当自家的事干，真的是"带着一颗心来，不带一根草走"。许多村民说：张书记到我们村两个多月，他从张主席变成张书记，从城里人变成村里人，从局外人变成自家人。

千方百计寻"出路"

张端树驻进村里后，经常思考南文都村的发展出路在哪里？通过调查、类比、辨析之后，他和同事形成共识：扶贫的核心是产业扶贫，产业不发展，经济不活跃，贫困农村将失去活力与生机。

经过深入调研，张端树与村干部最终敲定以引进企业投资，通过整合土地、山林等资源，借势西柏坡红色景区，打造农业生态园项目，形成以种、养、休、游、娱为特色的现代田园综合体，让产业扶贫带动群众脱贫致富。

搞产业扶贫，如剥茧抽丝，每一步都得走好才行。土地流转，是产业扶贫的第一步。当时村民甚至村干部都担心，土地流转了，结果项目没搞成，怎么办？面对村民的疑虑，张端树连续召开七次村"两委"会和两次党员大会，阐述发展思路，协商流转价格和合同条款，以"蚂蚁啃骨头"的精神做通村民的工作。在村民代表大会上，60多名村民代

表一致通过发展产业项目的表决。

当然，张端树更清楚，如果选不好投资企业，项目搞成烂摊子，脱贫就会泡汤。因此，选好企业成为工作组和村干部认识上的最大公约数。张端树通过工商联网站、微信群等媒介，向全市民营企业、下属商会发布《民企助推精准脱贫倡议书》。

扶贫者，人恒爱之；济困者，行善积德。涓流共汇，足以涌成江河；绵力齐聚，定能众志成城。倡议书发出后，企业家纷纷伸出援助之手，先后有100多家企业来村里考察。经过一个多月考察和专家评估，确定由河北柏胜集团注资南文都村，主导建设文都河农业生态观光园项目。

园区项目规划占地5300亩，采取公司＋合作社＋农户建设模式，在发展种植、养殖业的同时，开发旅游、文化等产业。项目总投资11.78亿元，共分三期建成。建成后，可解决当地富余劳动力就业300余人，带动文都河流域3个村庄1500人发展生态旅游和农家乐。2016年6月，项目分别在河北省"千企帮千村"精准扶贫启动仪式及省国际经贸洽谈会项目签约仪式上正式签约。

园区项目的启动，开创村企合作扶贫的新模式，使南文都村扶贫进入一个新里程。截至目前，园区建设已完成投资8000余万元，开垦和改造荒坡、河滩地并种植高价值经济作物上千亩，水源治理80余亩，加固堤坝并清理河道2000多米，完成所有基础建设，初步形成种、养、休、游、娱"一条龙"生态旅游产业。

村企合作谋"共赢"

为使产业项目早日惠及村民，张端树又想方设法搭建村企合作平台，

创新脱贫模式。以村土地、林场、劳动力为资本，入股园区建设，开拓出一条村企共建、共谋、共赢的路子，让村民有奔头，真正得到实惠。

土地流转使村民获得稳定收益，仅一期工程流转土地1200亩，涉及村民土地近

▲ 文都河农业生态观光园项目中的百亩葡萄种植园

400亩，每年支付村民土地流转金近40万元。园区优先雇用本村村民，2016年以来，园区用工4万多人次，仅支付工资达400多万元。引导全镇贫困户以扶贫资金入股园区建设，年底获得10%分红，先后有700余户近2000人入股资金240余万元，累计获得分红近70万元。

正在园区忙碌的范圈桃最有发言权，这位46岁的农家妇女聊起发生在自己身上的新变化，笑得合不拢嘴。在项目启动前，除了打零工，范圈桃大部分时间都围着自家的一亩七分地转，"风调雨顺的年景，一年能挣个几百块钱，遇到光景差，一年的收成都得泡汤。"园区项目的启动，让她的生活完全变了样。"企业进来了，土地流转出去，每年租金收入1500多元；在园区打工，每月工资1800多元；全家5000元扶贫资金入股，每年能拿到分红……现在，俺作为园区的预备骨干，进行为期一年的培训。接下来，俺就要成为技术员工，管理咱们园区的葡萄园啦。"说起眼前的好日子、讲到未来的好光景，范圈桃脸上乐开了花。

2017年，张端树又采取企业出资入股、村企合作开发的模式，投资120万元修建荷花池景观带项目。通过开设垂钓、划船、采藕等休闲项目，打造集生态旅游、绿色养殖、休闲娱乐于一体的综合产业项目，与南文都秀美乡村景色、生态观光园景区相辅相成，必将吸引大量游客驻足观光、旅游休闲。

经过大家的共同努力，南文都村发生翻天覆地的变化。美丽的荷花成了游客打卡的地标，村里有个在北京读研究生的青年人范震，每次回来都会把村里变化发到朋友圈。他说，乡村变美了，党的扶贫政策真好，读完研究生，我也要回家乡创业。看到村里的变化，93岁的老党员范更顺特别高兴，他对央视的记者说："村里的一切都是党和政府给的，感谢党，党的扶贫政策好！党培养的干部就是好！"贫困户范建军的妻子长年患病，两个孩子还要上学，家里十分困难。如今范建军在园区打工既能挣到钱又能照顾到家里。2018年家里装上热水器，他70多岁的老母亲像个孩子似的奔跑到张端树面前说："张书记、张书记，我家能洗澡啦。"那一刻，张端树流泪了，流的是喜悦的泪，欣慰的泪！

驰而不息忙"摘帽"

张端树在"造血扶贫"的同时，巧借外力，帮助贫困户解决实际困难。先后组织多家商会与贫困户结成帮扶对子，解决12户贫困户子女小学到大学的全部学费，为村里刚毕业的大学生提供就业岗位，对五保户和负担较重的贫困户提供捐助。多次组织民企开展"送温暖"等活动，看望慰问贫困户。

张端树对贫困户的牵挂，范来生最有体会。作为村里的贫困户，范

来生长期患病无法劳动，女儿又上大学，生活压力很大。张端树不仅帮他办理低保，而且经常探望。2019年5月，新华社和中央电视台的记者到村里采访。当时，工作组正请工人给范来生家盖房子，张端树正好在查看情况。检查完临走时，张端树礼节性地说了声"再见"，转身就走了。正在与记者聊天的范来生忽地站起来，追出门外。只见范来生边追边大声地喊："张书记，你可不许走。"原来，范来生以为张端树真要离开村里回市里工作了。当时，记者捕捉到这个细节并在央视《焦点访谈》节目中进行了播出。正如节目中记者所说，扶贫干部只有为老百姓做了实事，他们才如此真心挽留。

2018年，根据全市扶贫工作安排，前期扶贫干部将轮换回原单位工作，可张端树考虑到南文都村项目扶贫工作正在发展中，他主动请缨留在南文都村继续带领老百姓致富。在平山县200多个驻村工作队中，张端树是唯一没有轮换的第一书记。这次扶贫工作为期3年，意味着1095天、张端树继续与大山为伴。

7 跑好自己的"那一棒"

精准扶贫、精准脱贫是一场"限时赛",也是一场"接力赛",不可能"毕其功于一役",需要每个人都跑好自己的"那一棒"。

赵长松,来自顺义区后沙峪镇。作为北京市第三批援青干部,到玉树藏族自治州曲麻莱县任副县长。他聚焦"两不愁三保障"做好援青工作,展现首善风采。

位于青海省西南部的玉树藏族自治州是三江之源,曲麻莱县是黄河源头,长江源区。全县 2218 条河流,都汇进长江、黄河。这里环境艰苦,县城海拔 4200 米,一年只有两个季节:冬季和大约在冬季。

社会扶贫网让爱在阳光下连接起来。2018 年 7 月,赵长松去叶格乡时,乡长说:贫困户才仁卓玛的女儿在州上住院。孩子的父亲 2017 年去世后,家里全空了,母女两人在别人家借住,在州上看病,吃饭的钱都没有了。

赵长松用上社会扶贫网,编辑求助信息,第一天转发,朋友圈捐款 7000 多元,第二天北京的同事们纷纷帮忙转发。连续三天,捐款达到两万元,保障孩子治好了病重返校园。借这个机会,他给 19 个村级

▲ 曲麻莱县打通县城到巴干麻秀村公路大会战

信息员培训，帮助有困难的贫困户发布求助信息，应尕出了车祸，永吉需要手术、仁青要去西宁读书，这些需求都得到回应，一年不到，收到10万元的社会捐款。

2019年元月开始，玉树发生五十年不遇的大雪灾，全州15万人受灾，牛羊死亡超过4万头。北京市紧急行动支援玉树2500万元救灾。曲麻莱县第一时间打通道路，把草料、煤炭送到牧民手中。

赵长松的联点岗当村，灾情严重，村里反映棉衣棉被不足、牧民缺少大头皮鞋。他抓紧联系，顺义区民政局积极响应，支援20万元救灾资金，把600件棉衣棉被邮寄到县上。5月12日最后一批救灾物资发放时，天空还在下雪，但曲麻莱已恢复生产。

李昕，来自北京市密云区城管委。作为国家级贫困村——河北省滦平县北马圈子村的包村干部，他负责帮扶两户贫困户。

第一次去贫困户老宋家，李昕还没进门，就听见身后的街坊交头接耳地说："看看，那外地小伙子上老宋家了嘿！"原来，他们没把李昕当村镇干部，而是个"外地人"，李昕心里不由得咯噔一下。等他一进屋，尹大妈就说："你看看，我家什么像样的都没有，这旧的电视、冰箱还都是我儿媳妇的嫁妆。你说，你能帮我做什么？"这一串话说得李昕都反应不过来，满腔热情被泼了一盆冷水。

可李昕并没有放弃，继续坚持进村入户，向受帮扶的贫困户介绍县里的扶贫政策，可他们总是不相信。有一回，尹大妈儿媳妇不耐烦地说："这回是签字啊，还是按手印？这事儿啊，以后少来啊。"闹得李昕真是下不来台。他自己想，心里总是这么隔着可不是个事，要把自己这个"外地人"向村里人转变。

此后，李昕借助密云区对滦平县的扶贫支持，与镇干部及驻村工作组积极协调，为村里争取扶贫资金 400 余万元。眼瞅着村里的村容村貌得到改观，大家对这个"外地小伙"的看法也有了改变，都说：

▲ 扶贫干部李昕走访帮扶贫困户

"别看这个北京的干部岁数不大，还真干实事儿啊！"

助解决。区中医院接收 2 名察右后旗医院医生，专门学习骨科针刀技术。学成归来后，2 名医生诊治病人 100 多例，治疗效果十分明显。当地的农牧民高兴地说："哎呀，原来我的腰腿疼得受不了，现在腿也自如了，腰也活泛了，这技术真的太好了！邵旗长虽然不是医生，但能治病啊！"目前，康复中心救治的患者已达到 1 万人次以上。

落实一个项目，就能致富一方群众。当邵奎东得知北京一家养殖有限公司准备向周边省市转移，他立刻到该企业实地考察，为抓住这个好项目，从后旗到北京、从北京到后旗成了他的工作常态。只要一见面，就为企业讲政策、讲优势、讲前景。最终，老板为邵奎东的真诚所感动，他说："邵旗长，你放心，去你那里，我大干一场，绝对不给你掉链子。"截至目前，带动 1500 多户 3000 多人分红受益。引进澳大利亚安格斯牛 3000 余头，计划年底将打造万头牛养殖基地，看着这一群又肥又壮的牛，邵奎东和农牧民心里头都乐开了花。

时间如流水，两年的挂职工作转眼已结束，让邵奎东最开心的事儿——察右后旗脱贫了！用他的话说："我为参与祖国的脱贫攻坚事业而骄傲，为助力打赢脱贫攻坚战而自豪！"

8 "微心愿"传递大温暖

一场大雪过后，隆化县气温骤降、寒风凛冽，在距县城区约 35 公里的张三营中学校园里却暖意融融。

"谢谢阿姨给我们送来羽绒服，以后上下学路上我都要穿着它！"初一年级学生佳怡双手抚摸着崭新的羽绒服，脸上绽开出灿烂的笑容，瞬间融化了在场所有人的心……这是一批满载着爱意与牵挂的羽绒服，从天津市津南区来到河北省隆化县，成为津南团区委聚焦精准扶贫，用"微心愿"传递大温暖的一条纽带。这条纽带拉近了"津隆"两地百姓的心，凝聚出一股股强大向善的力量，将爱的种子播撒在贫困家庭孩子的心田。

"衣"路传递，温暖人心

"我们再核对一遍数量，千万别出差错……"早上 6 点，津南团区委干部王一涵来到位于八里台镇的羽绒服厂，与工人一起装运 2500 件羽绒服。忙碌的间隙，她告诉记者："这些羽绒服是通过'微心愿'项目征集来的，马上送往隆化县，交给当地偏远山区学生，山区冬季寒

冷，早点送去，孩子们就能早点穿上御寒。"

从津南到隆化路程 380 公里，需要 5 个多小时，由于气候和地势原因，隆化地区冬季放学时间是下午 2 点半。为确保这批羽绒服第一时间送到孩子们手里，"津隆"两地团干部从行车路线、里程，到起运点、到达时间，均进行了精心的计算和安排。物资运输车载着团干部们急切的心情在高速路上疾驰，掠过一路风景。下午 1 点半，车辆抵达张三营中学，顾不上休息片刻，两地团干部便马上卸货、分发，把一件件"心愿礼物"第一时间送到孩子们手中。

"阿姨，我可以领一件 180 码的羽绒服吗？"就在其他孩子迫不及待试穿冬衣的时候，初三一班学生艳玲向王一涵提出一个特殊的请求——她想给爸爸领一件羽绒服，让他在外出干活时更暖和些。

经过一番了解后得知，艳玲家住在离学校十多公里的半山腰，房子年久失修，母亲常年患病卧床，家里的经济收入全靠父亲一人劳作所得，就连她的学业也是在爱心人士的资助下才得以延续。"孩子还这么小，却经历了许多不该这个年纪承受的苦楚，希望通过'微心愿'项目可以带给她一些温暖、一些坚强。"看着艳玲那张稚嫩的脸庞，王一涵眼眶里流露着藏不住的心疼。当天，王一涵等人把艳玲送回家，做了一次"微心愿家访"，一起回家的还有那件大码羽绒服。晚上 8 点，从艳玲家出来，气温已低到零下 17℃，然而大家的心里暖烘烘的。2500 件羽绒服不仅是抵御寒冷的衣物，还饱含着温暖人心的赤诚。

"小"善举，汇集大能量

"一台点读机""一张新书桌""一套百科全书""一辆自行车"……

这些对于普通家庭孩子来说的小礼物，对于贫困家庭孩子却是遥不可及的"奢望品"。

2019 年 5 月，津南团区委组织志愿者、社会组织来到对口帮扶地隆化县，深入荒地乡中心小学，送去 8000 册图书，设计开展公益课程，对全校 112 个建档

▲　在烧锅营小学开展的手工公益课

立卡贫困家庭青少年进行了"微心愿"的征集。带着孩子们的满心期待，价值 3.5 万元的首批 112 个贫困家庭孩子的"微心愿"，三天内就被津南各界爱心人士认领完毕，并在短短一个月内全部送到了孩子们的手中。

2019 年以来，津南团区委注重发挥共青团在打赢脱贫攻坚战中的作用，通过整合各方资金、延展品牌内容、广泛社会动员、常态线上认领等工作，将"微心愿"项目实现数从最初的 112 个逐步扩展到 12000 余个，实现了隆化县建档立卡贫困家庭青少年的全覆盖。

"我们在开展'微心愿'工作中，注重品牌延伸和夯实，邀请专业社会组织设计开展符合当地青少年的科普类、自护教育类等公益课程。针对隆化县留守儿童开展小候鸟阅读，建设小候鸟阅读基地 23 个；针对高考成绩 500 分以上的建档立卡贫困家庭大学生，开展'圆梦大学'捐资助学；更加注重青少年的精神需求，让贫困家庭孩子感受到社会的

关爱和温暖，提升脱贫的内生动力，最终'造血自救'。"津南团区委副书记李明月介绍说。

值得一提的是，通过团区委积极动员，津南区有 1000 余名团员青年加入到脱贫攻坚队列中来，捐赠爱心物品社会价值逐步累积到 450 万元。天津宏志教育基金会负责人陈奕超便是这众多团员青年中的一员，他在得知"微心愿"项目引入隆化县后，参与并出资帮助多名贫困家庭孩子实现了愿望。他说："这是一件义不容辞去做的好事。今后我们会继续跟隆化县贫困家庭孩子结成长期互助关系，帮助他们更好地成长，实现更多的梦想。"

"微"捐助，让爱心延续

"微心愿"是津南团区委自 2017 年在区内启动的公益项目，旨在通过实现重点青少年群体的小心愿，让他们感受到社会各界的温暖，鼓励他们自强自立、努力学习，成长为对社会有益的人。项目启动以来，团区委发挥团属优势，联动社会力量，在保护孩子们隐私的情况下，面向社会发布重点青少年群体的"微心愿"，号召社会各界关心关爱重点青少年群体成长成才，弘扬公益精神，传播正能量。两年多来，为区内重点青少年群体实现"微心愿"800 余个，实现对全区重点青少年群体的精准帮扶。

2019 年 5 月，在项目趋于成熟的基础上，团区委将"微心愿"项目引入对口帮扶地隆化县，并对项目进行完善升级。积极对接基金会、行业协会，争取资金支持用于大批量成本价采购贫困家庭的青少年急需物资，如保暖服装、学习用品等。发挥团属优势，开展宣传动员，号召爱心企业开展符合青少年心愿的物资捐赠。借助捐赠平台，开展个性化"微心愿"的认领，降低爱心成本，让更多的人参与进来，助力青少年心愿达成。

津南团区委贯彻落实天津市委关于做好对口支援和东西部扶贫协作工作要求，坚持有限与无限相结合，借力社会资源，助力常态帮扶。2019年7月，团区委与中国社会福利基金会联合打造的"山区娃的新学期愿望"乐捐项目正式上线腾讯公益，将"微心愿"项目展示到更大的平台，得到更多社会力量的关注；10月，将项目进行更新，针对寒冷冬季设计推出包含棉帽、围巾、手套、保暖杯等物品的"温暖爱心包"，进行线上广泛发布，爱心人士可直接在线上进行认领。通过线上项目发布的形式，"微心愿"捐赠内容可达成实时更新拓展，实现了帮扶的常态化运转。

▲　为烧锅营小学赠送的"微心愿"保温杯

"微"切口，凸显大内涵

小康不小康，关键看老乡，重点看贫困的老乡能不能脱贫。"微心愿"项目作为津南区对口支援隆化县六大类帮扶、56个子项中"实施扶贫广动员工程"中的一个子项，注重从"微处"着手，发挥共青团优势，动员社会各界力量和广大团员青年助力脱贫攻坚，促进"津隆"两地青少年和儿童共同成长进步。

青少年是祖国的希望，民族的未来，更是脱贫工作的力量源泉。"微心愿"项目的资助对象是青少年，通过社会各方力量将"大关爱"投向青少年，运用组织化动员和社会化动员手段，让贫困地区得到更多的关注和支持。津南团区委将不断赋能开展一系列"微心愿"子项目，通过结对帮扶、优秀学子赴京津访学、在津大学生帮扶等，进一步做深做实"微心愿"，让更多源于"微心愿"的爱继续传递。

见微知著，积小成大。一个新书包、一辆自行车、一双运动鞋……这些小小的"微心愿"看似微不足道，却汇聚起社会各界的温暖大爱，为需要帮助的孩子照亮了前行的路。在帮助贫困家庭青少年实现"微心愿"的同时，点亮了他们心中的梦想和希望，在津南区与隆化县扶贫协作的道路上，"微心愿"将继续为贫困地区的儿童播撒阳光，助力他们撑起美好的未来！

9 美丽风景变为美好前景

2014 年，重庆市武隆区精准识别出建卡贫困人口 5.5449 万人、贫困发生率 14.8%，农村常住居民人均可支配收入为 8489 元，贫困人口人均可支配收入仅 2215 元。但必须看到，武隆区生态优良、风景颇佳，是全国首批七个生态文明示范区县之一。旅游扶贫是扶贫开发模式的一种创新，既是"输血式"扶贫，又是"造血式"扶贫。是守着绿水青山继续苦熬过穷日子，还是创新思路将生态优势转化为发展优势，让老百姓早日摆脱贫困？武隆区立足学好用好绿水青山就是金山银山"两山论"，走深走实产业生态化、生态产业化"两化路"，按照"深耕仙女山、错位拓展白马山、以点带面发展乡村旅游"思路发展全域旅游，把山区变为景区、田园变为公园、农房变为客房、产品变为礼品，实现"旅游做到哪里，哪里的老百姓就脱贫致富"，让美丽风景变为美好前景。

聚焦"山水"发展全域旅游，让山区变为景区

坚持把全境作为一个大景区、大公园进行打造，既不断提升绿水青山"颜值"，又努力做大金山银山"价值"。

突出全景式打造。围绕建设世界知名旅游目的地、全国优质旅游示范区和全国文旅融合示范区的总体目标，健全完善"一心一带五区一网"的全域发展规划布局，把仙女山、白马山、芙蓉江等主要贫困区域纳入，明确时间表、路线图，确保在旅游人次和综合收入稳定增长的同时，发挥对百姓的增收带动作用。

引导全社会参与。设立每年2000万元旅游发展资金，出台系列扶持政策，引导发展小加工、小手工、小养殖、小修理、小运输、小中介、小餐饮、小旅店、小农场、小林场等涉旅"十小企业"，鼓励各类市场主体组建旅行社、酒店、旅游服务公司等，让一切创造社会财富的源泉充分涌流。目前，全区共发展涉旅工商户5621家、涉旅企业530余户。

推进全方位服务。加快旅游服务国际标准化建设，为游客提供全方位、人性化的服务，游客满意度连年位居重庆市首位。总投资87亿元实施"交通三年行动计划"，构建覆盖全区的旅游交通枢纽和换乘体系。度假区、主要景区景点等免费Wi-Fi全覆盖，与腾讯公司联合打造全国首个区域级智慧旅游平台"一部手机游武隆"。深入推进"1+3+N"旅游综合执法体制改革，维护良好旅游秩序，打造"诚信旅游"。

实施全球化营销。坚持全方位、高强度、宽领域、多媒体营销，与瑞士国家旅游局建立长期合作关系，仙女山景区与瑞士少女峰景区结为"姊妹景区"。拓展"一带一路"沿线国家和地区，以及日本、韩国、东盟、欧美、非洲等国际市场，让"自然的遗产·世界的武隆"旅游品牌唱响全球。2018年接待境外游客127万人次，占比1.5%。

▲ 济南援建的旅游环线公路

聚焦"旅游+"推进融合发展，让产品变为产业

发展"旅游+"融合产业，丰富产业业态、延伸产业链条，加快从"门票经济"向产业经济转型升级，提高旅游业对群众脱贫增收的辐射效应。

实施旅游＋文化。挖掘和保护优秀传统文化、地域文化、民俗文化、民族文化，既为旅游业注入文化内涵，又促进文化助推脱贫攻坚的作用发挥。比如，田家寨通过深挖苗族文化和蜡染文化，成功申报为国家级传统村落，成为远近闻名的民族文化旅游示范点，带动周边60多户、230余名群众实现增收。又如，通过深挖乌江"纤夫文化"，打造大

型山水实景演艺项目"印象武隆",累计演出 3000 余场、收入近 3.5 亿元。当地 200 余名村民白天干农活、晚上当演员,人均年增收 36000 多元。

实施旅游 + 体育。依托自然山水风光和喀斯特地貌等独有的户外运动资源,发展低空飞行、徒步露营、户外拓展、山地赛事等项目,推进体育与生态旅游融合发展。已建成的仙女山体育场、民俗赛马场和一批自驾露营基地等,被评为国家体育旅游示范基地。发起并成功举办 16 届"中国重庆武隆国际山地越野挑战赛",共有来自欧洲、亚洲、北美洲、大洋洲、非洲等国家和地区的 200 多支运动队伍参赛,成为国际性户外运动 A 级赛事。

实施旅游 + 工业。着力生态环境尤其是世界自然遗产地保护,制订出台《重庆武隆喀斯特世界自然遗产保护办法》,编制《世界遗产地保护管理规划》,严格实施环保准入,坚决杜绝和严格治理工业生产对生态环境带来的破坏。发展水电、风电等清洁能源和鸭江老咸菜、羊角豆干、羊角醋等农副产品深加工产业,将工业发展与生态旅游有机结合起来,既为游客提供丰富的工业旅游参观体验项目,又让游客能带走更多的"武隆好礼"。比如,和顺镇打蕨村寺院坪建成西南地区第一个山地风力发电站,该镇依托 55 台风力发电机组发展研学旅游,每年吸引近 3 万名游客观光旅游,带动打蕨村 120 余农户参与旅游接待,带动该镇 500 余名贫困群众人均增收 1300 余元。

实施旅游 + 农业。把握自身资源和市场需求两个标准,围绕绿色化、特色化、集约化、品牌化,培育打造高山蔬菜、高山茶叶和生态畜牧、特色水果、中药材等山地特色高效农业。通过发展农村电商、农旅产品集中展销等形式,将优质山地农产品向市场拓展,推动农业增效、农民增收。通过不断发展,实现每村有 2—3 个骨干产业、每户 1—2 个

▲ 土地乡犀牛寨乡村旅游开业仪式

增收产业，带动全区 80% 以上农户实现人均增收近 900 元。例如，鸭江镇青峰村建成的 800 余亩汉平金冠梨基地和 800 余亩香伶核桃基地，覆盖全村 725 户农户和 97 户建卡贫困户。仅汉平金冠梨就实现年收入 640 万元，户均增收 8000 余元。

聚焦"共享"创新增收模式，让风景变为前景

坚持"旅游扶贫的一切努力都是为了老百姓收入增长"的宗旨，探索创新增收带动模式，努力让老百姓实实在在享受到旅游发展带来的"红利"。

探索廊道带动型增收模式。按照"建一处景点、引一批企业、活一带经济、富一方群众"的思路，确立仙女山旅游扶贫带、白马山旅游扶贫带、石桥湖旅游扶贫带、桐梓山旅游扶贫带四个旅游黄金廊道，建成集交通组织、空间整合、产业集聚、形象展示等为一体的扶贫开发示范区。仙女山、白马山片区成为全市旅游扶贫的典型，仙女山片区 7 个乡

镇、50个行政村、近5万农民人均纯收入12000元以上。例如，白马镇豹岩村通过整合易地扶贫搬迁、有机茶叶种植加工等各类扶贫项目资金近亿元，融合打造全市知名红茶品牌"仙女红"，全村85%的农户实现产业带动稳定脱贫。

探索集镇带动型增收模式。整合资金5.9亿元，推进高山生态扶贫搬迁，依托旅游集镇建成移民新村169个，搬迁安置10951户、38331人。引导高山移民和集镇居民发展家庭公寓、快捷酒店等旅游商贸服务。例如，双河镇木根村平均海拔1350米，是全市首批乡村旅游扶贫示范村。近年来，该村依托生态资源和高山蔬菜示范基地的带动，发展

▲ 火炉镇贫困户种植的脆桃喜获丰收

休闲农业和乡村旅游扶贫，成为全区首批脱贫和首个基本小康的行政村。目前，该村95%以上的农户参与乡村旅游发展，年游客接待近60万人次，旅游收入达到1.2亿元。

探索景区带动型增收模式。高度重视景区原住民的生产生活，在景区进出通道等区域建设专门的创业区和农特产品销售一条街，引导景区周边农民发展特色小吃等商业，景区及周边2万农民实现直接或间接就业。比如，仙女山镇石梁子社区401户中有391户从事旅游相关产业，资产500万元以上的17户、100万—500万元的285户。又如，土坎镇关滩村发展农家乐21户，以家庭作坊生产"土坎苕粉"48户，村年收入达4000万元以上，90%的农户年均收入5万元以上。据统计，仅芙蓉洞景区从事涉旅行业的农民达1500余人，年收入均在5万元以上。

探索专业合作社带动型增收模式。加大乡村旅游专业合作建设，成功创建赵家、双河等乡村旅游合作社。其中，赵家乡乡村旅游专业合作社被评为全国"合作社＋农户"旅游扶贫示范项目。目前该乡村旅游专业合作社共计有农户会员119家，2018年专业合作社接待游客40万人次、旅游收入7600余万元，解决本乡富余劳动力500余人就业。全乡共有30户148人通过办农家乐脱贫，在乡特色农业旅游企业中务工脱贫的62户253人，为游客提供产品脱贫的125户438人。

10 转业军人扶贫记

2018 年 5 月的一天，辽中大地，杨柳吐绿，莺飞草长。

位于辽阳灯塔市柳条寨镇的长沟沿村，来了一位五十来岁白白净净的扶贫下派干部，担任村里第一书记。

他叫包金民，一名转业军人。

村民们心里犯起嘀咕，可别像以往派来的干部呀！点个卯，就没有人影啦！

就这样，包金民从辽宁省体育局到了长沟沿村，一头扎进农村扶贫的大事小情中。

到任后的第二天，包金民开始走访村里老书记、老党员、老军人，看望五保户、贫困户和患病村民，个人出资送去慰问品。通过走访座谈、开展调研，他深思着，农村改革都几十年了，占天时、据地利的长沟沿村为何发展不起来？他陷入沉思：自己来长沟沿村干点什么？应该如何干？

带着这些问题，包金民利用休假，专门来到生他养他的故乡——安徽省萧县。这是感动中国的优秀扶贫干部沈浩的家乡。他来到沈浩生前工作过的凤阳小岗村，同现任书记沈仁龙促膝谈心，虚心求教。

回到长沟沿村，他的浑身充满使不完的劲儿。

几天的走访调研，进一步理清了工作思路。长沟沿村发展缓慢的主要原因，关键在于人的主观因素。

扶贫先扶志，更要扶精神

辽宁省体育局奥运冠军、体坛明星多，特别是他们刻苦顽强的拼搏精神，让包金民找到了扶贫的力量源泉。

"扶贫先扶志，更要扶精神。"包金民组织游泳中心队医生到患腿病的村党员代表家中看病，进行针灸、按摩，传授自身保健康复常识。他为村里协调价值 8 万元的体育健身器材，为柳条寨镇争取价值 60 万元的服装、鞋帽等物品。

聘请专业篮球教练定期来村里，指导孩子们训练篮球。暑假期间，包金民协调省体育游泳运动管理中心，连续两年安排村里 12—14 周岁的学生 20 多人次到省游泳中心大连基地进行为期一周的学习训练，开展夏令营活动。

包金民组织村里的首届"农民丰收节"。2019 年 9 月 14 日，协调营口鲅鱼圈琴缘水产品公司资助，在长沟沿村组织开展以"丰收中国·幸福长沟沿"为主题的大型秧歌汇演，来自 12 个村秧歌表演队的近 300 名队员参赛表演。

他还邀请辽宁人民艺术剧院演职人员，来村里进行慰问演出。以"领航新时代·共筑中国梦"为主题的文艺节目，带给村民们满满的正能量。

▲ 长沟沿村的种植大棚

农民的需求，就是我的工作

92 岁的黄金宽老人坐在炕头，见人就说包金民的好。黄老爷子的儿子黄乃珍已 71 岁，双眼失明，父子俩相依为命，是镇里五保户、贫困户。黄金宽说，"包书记经常来看我们，自己掏钱给我们爷俩送油送面，天冷了又送我们棉衣棉被，我们这心里头，暖着咧……！"黄乃珍也说："别看我啥都看不见，可是包书记为俺们爷俩做的那么多好事，俺心里有数着呢！"

对许多从城里下派到乡下的驻村干部来说，刚到村里，都得有个适应过程，尤其是要学会跟农民打交道。包金民入伍前是安徽萧县的农村青年，祖祖辈辈靠种地为生。在部队这所大学校里进步很快，光荣提干。转业到辽宁省体育局，工作十分出色。来到扶贫点，他适应很快，基本上无须转换角色。

"农民的需求,就是我的工作。"这是包金民常挂在嘴边的话。"跟农民交心,最重要的就是说一件办一件,无论多小的事,只要答应了,就必须抓落实,不能大忽悠!"包金民说到做到,大到给村里修羽毛球场、办义诊检查,小到给村民治跌打损伤、教孩子们一堂篮球课。

请文化名人认养土地,是扶贫中一大发现

"过去种一亩地,辛辛苦苦一年,也就挣两三百块钱,现在实行稻田认养,一亩地能多赚一千多块啦!"村民黄作家喜滋滋地说,"今年我家里有 5 亩地,被辽宁男篮主教练郭士强认养,都是包书记帮我们介绍的资源,我们可得努力干,争取把我们村的大米也打出品牌来!"

"现在做稻田认养,就不能上化肥了,都是农家肥,除草也是人工铲地",黄作家说。为提高农民种养技术,包金民请来省农科院水稻专家讲授水稻施肥管理、水分管理、主要病虫害怎样合理用药等知识,直接解决农民的种植难题。长沟沿村种植的水稻,经省农科院专家精心指导,获得绿色无公害认证,无污染、无添加、不使用化学肥料、不用农药和生长调节剂。

通过名人效应,带动全村的产业发展,打造出自己的品牌。包金民主动联系辽宁籍的体育界、文艺界名人,作为首批认养人。在他的牵线下,全国政协委员、《长江之歌》的作者胡宏伟,创作出《十五的月亮》《在那桃花盛开的地方》等歌曲的军旅作曲家铁源,辽宁男篮主教练郭士强,著名军旅歌唱家朱晓红,奥运冠军李玉伟、丁美媛、王娇以及王楠的教练谷振江等,纷纷加入认养行列。2018 年 8 月 31 日,铁源、胡

宏伟、朱晓红来到长沟沿村，查看自己认养的稻田。

一批文化体育名人来到田间地头，找到了创作的题材，汲取了黑土地的养料，获得了体坛拼搏的力量，也让这些黑土地上的农民乡亲们，见到了只有在电视上才能看到的"明星们"……仅2018年，通过名人认养销售大米就多达10万斤以上。

建立满绣基地，助力乡村振兴

2018年10月，包金民将盛京满绣的第四代传承人巴彦殊兰女士邀请到长沟沿村，传承满绣非物质文化遗产、推广满绣文化。用满绣艺术讲好辽宁故事，传承辽宁特色，建立满绣基地，助力乡村振兴。

满绣，是女真族根据劳动和生活的需要，在缝制的衣服和钉线的基础上形成的一种手工艺术。1636年皇太极在盛京（沈阳）建立清朝后，满绣成为皇家文化、地位、等级的标志，所以又被称为"中国清朝皇族刺绣"。

2018年11月，包金民给村里引进"盛京满绣工作坊"，赋闲在家的妇女们一下子都忙碌起来了。"家里田都包出去了，老爷们儿在外打工，我们在家闲着也是闲着。满绣这活晒不着淋不着的，我们自己喜欢，又能赚钱，干着不挺好嘛。"村民唐伟一边手中针线翻飞，一边介绍："现在刚学两种针法，绣一个包500块，过两天老师还来教，学好了绣衣服，那就更赚钱啦！"

通过发展满绣产业，第一批带动村里10名女劳动力在家门口就业。从2018年11月起，她们每月收入都在3000元以上。

11 古村落焕发新活力

栩栩如生的"凤凰",翱翔土楼之上。一群孩子在海峡两岸农博会·漳州驻村扶贫特色展馆内,正聚精会神、饶有兴趣地搭建凤山楼土楼模型,吸引住众多游客驻足观看,感叹土楼文化的新颖体验模式。这只是凤狮村开展"体育+"扶贫模式的一小部分。福建省体育局派驻诏安县官陂镇凤狮村第一书记杨凯,以乡村振兴示范村为发力点,将体育全产业融入"三农"和脱贫攻坚中,促进第一、二、三产业融合发展,着力推进传统古村落"活化"工作。

开启精准扶贫"体育+"

说到"体育+"扶贫模式的形成,源于2015年7月,在省体育局的大力支持下,杨凯主动申请来到革命老区村——寿宁县清源乡阳尾村驻村蹲点。利用该村的"生态自然风光+历史景观",持续探索"生态体育"项目,为"体育+"扶贫模式的开启奠定了基础。

2017年11月,他再次响应省委、省政府的号召,到福建省最偏远的贫困山区凤狮村担任驻村第一书记。为了能够尽快摸清村情民意,大

年初二，他就带着家人到村里过年，挖掘凤山楼、浮山城传统文化及传承 600 多年的民俗体育项目"荡秋千"等，全力探索全民健身及体育产业乡村振兴模式。

体育扶贫能给贫困地区群众带来实实在在的获得感，也让贫困山区的群众对健康、美好的生活充满希望。2018 年 2 月，由福建省社会体育指导中心主办的"全民健身百村行"活动走进凤狮村。活动的前一天晚上，他与村"两委"干部还在村部清点爱心扶贫物资，发动青年志愿者做好相关工作。一位青年志愿者动情地说："杨书记的到来给我们村带来了活力，这也是吸引我回乡发展的原因之一。"在此次活动中，泉州慧涛公益协会为当地老年人及贫困家庭儿童捐赠棉衣、食品、玩具等价值约 4.5 万元的公益物资。截至目前，通过省体育公益赛事及平台，共筹集 43 万元助学、敬老等扶贫物资，用于支持 630 名贫困山区群众的生产和生活。

"体育 + 党建"走出新路子

"体育 +"扶贫模式，不仅生动鲜活地宣传党的十九大精神，而且把健康的理念带给村民。杨凯抓住开展"全民健身百村行"活动的契机，加强农村基层党建工作。

让基层组织有人气：积极将"三会一课""两学一做""党的十九大宣传"等内容融入乡村建设中，多形式推动"双培双带""党建带团建""党建带创业"等系列活动。主动配合做好换届选举工作，现在村"两委"及配套干部共 9 人，其中党员 8 人，大专以上学历 4 人，有力地补充了新鲜血液。

▲　游客在 600 年榕树前许愿

让党建工作有抓手：村"两委"班子主动融入群众，建立起 5 支村广场舞队伍、1 支青少年公益志愿者队伍、1 个书画公益培训组织、1 支青年舞龙队。通过支持村民们喜闻乐见的活动组织，让村"两委"在工作中有抓手、倾听民意有渠道、政策宣传有目标。

让党建活动有温度：带领党员干部外出参观学习，邀请诏安县龙头企业给党员群众讲解乡村振兴、产业兴旺等主题课。党员在敬老文化节现场的党建展板前，给群众讲解党的十九大精神等，将党建工作日常化、生活化，让党课不再刻板单调，有温度、接地气。

让党建宣传有颜值：把党建宣传，同乡村绿化、美化、亮化惠民工程紧密结合、同步实施。建设 1200 平方米党建主题公园，让党建宣传

▲ 环土楼健身步道

成为乡村建设中最有颜值的宣传阵地。

探索"体育+"乡村振兴模式

凤狮村是福建省最南端的省级重点贫困村，也是传统客家村落，2015 年被评为"福建省首批传统古村落"。杨凯根据该村的特点与特色，积极向上级申报传统古村落保护，恢复浮山城传统古村落面貌，唤醒村民振兴乡村的共识。

公益体育+文化扶贫：争取福建省模型运动协会对口支持，将凤山土楼进行开发并制作成全国首创体育文创建筑模型产品。将传统文化汇编成《青少年乡土校本课程》，目前已编制完毕。这些体育文创产品，将在全省中小学中进行推广。

体育设施+生态宜居：建设 2 公里的环土楼、传统古村落健身步道，古色古香的康体幸福院，正在施工中。合凤线休闲步道完成设计，运动温泉田园综合体等项目也进入实施阶段，运动健康的理念深入民心。

民俗体育＋乡风文明：通过举办传统秋千节、修复百顺居红色革命遗址、整理民俗故事等，打造传统古村落乡愁文化。在不断努力下，凤狮村"荡秋千"项目获批非物质文化遗产。兴许是"乡愁"力量感染了村民，他们自发将自己的土楼房间贡献出来，打造成孝廉文化传承基地、客家民俗馆、农家书屋。文化挖掘让凤狮村更有故事，更有内涵。

品牌体育＋乡村振兴：逐步引进丹诏书画培训、客家米酒制作、客家饮食、民俗体验等项目，推动客家民俗体验旅游的纵深发展。计划建设运动温泉农家乐，通过体验经济提升农业产品附加值，实现"体育＋"乡村振兴·产业兴旺。

榜样是一种力量，彰显进步；榜样是一面旗帜，鼓舞斗志；榜样是一座灯塔，指引方向！有榜样的地方，就有进步的力量。"感谢杨书记，现在我们浮山城的秋千可出名了，明年不管我在哪里，都要回来参加这个活动。"在第一书记杨凯带动和影响下，一些凤狮村的村民激动地说。

"体育＋"功能，通过产业带动、品牌影响、文化传承、运动旅游、体育文创、社交平台等多维度渐渐发挥作用。古村落焕发出新活力，乡村振兴的蓝图正徐徐展开。

12　八百里沂蒙八百里情

巍巍沂蒙山，滔滔沂河水，八百里沂蒙八百里情。

沂南县依汶镇驻地东南 9 公里处，有一个村子叫南栗沟村。2014 年，有建档立卡贫困人口 141 户 233 人；2018 年，贫困户全部实现脱贫，村民人均收入 15620 元，村集体收入达到 60 万元。

"我在南栗沟村只有两年的服务期，只有把村'两委'班子扶强帮硬，打造成永不离开的工作队继续干下去，南栗沟村才有更好的明天。"山东省委组织部车元章到村任第一书记后，把打造过硬支部、建强过硬队伍、理顺村庄治理机制作为工作"牛鼻子"。他在调研全村基本情况后，将充分发挥村党组织的核心作用和党员群众的主体作用有效融合，作为抓党建促脱贫攻坚、促集体增收、促乡村振兴的关键。

2019 年 1 月 8 日，村"两委"述职报告，让每个"两委"成员感受到实实在在压力。"压力大啊，谁干得好、干得不好群众都看在眼里。"村支书解忠士作为第一个述职人上台前也是心里忐忑，"一年来的辛勤付出，如今当着老少爷们儿的面一五一十地汇报出来，感觉一下子放松了不少。仔细回想起来，这一年，满满的，沉甸甸的!"

▲ 南栗沟村新貌航拍图

　　述职结束以后，车元章创新借鉴"豆选法"对村干部进行测评。南栗沟村会议室里茂秧戏剧团一曲《高文举赶考》唱罢，会场每人发了两颗花生米，在隔壁房间内有挂着村"两委"照片的玻璃瓶，一个一个进屋，觉得谁干得好就把花生米放进去。通过测评，村干部感受到压力，促进了有效履职、规范履职、主动履职。

　　村庄的发展离不开党员的参与，只有把组织力提升起来，党员群众参与进来，才能达到事半功倍的效果。南栗沟村把加强党员教育管理作为提升党员队伍素质、培养后备干部、凝聚工作合力的抓手，通过规范"三会一课"、主题党日，修订《村干部公约》、外出参观学习等措施，有效激发出党员参与村级工作的积极性，"党员群众齐心干、乡村振兴早实现"的主体意识不断增强。

在村里工作两年的大学生村官季李伟经常提起王桂录、刘京武、解杰立三名老党员，他们最大的78岁，最小的65岁。自打看到第一书记真心实意抓村级建设以来，他们三个人自愿到工地帮忙，计数量、算工时、看设备、监工样样都能干。南栗沟村注重培育后备人才，不断为村庄发展注入新活力。近年来，新发展党员1名、培养入党积极分子6名，培育后备农村干部3名，为村庄发展提供了人才支撑。

规范的运行机制是村庄发展的基础。南栗沟村既有德高望重的老党员、老干部，也有与时俱进的年轻党员，如何把他们凝聚起来，参与村级工作、监督村级运行，实现高效、有序运转，村"两委"班子在第一书记指导下建立起"党支部强化引领，村民委员会、村务监督委员会、扶贫理事会、红白理事会、孝心养老理事会积极发挥职能作用"的"1+5"工作架构，进一步规范村级运行，实现"村治"和"自治"的有效结合。

地处沂蒙山腹地的桃源村，基础设施薄弱，80%是贫瘠的山坡地，产业发展滞后，村民以传统种植为主，过着靠天吃饭的日子，全村818户中贫困户有101户。

可这一切，伴随2016年3月9日沂南县粮食局潘继斌任第一书记的到来，正在发生着改变。

从成功争取省财政资金150万元、修缮村民祖祖辈辈深受其害的泄洪渠开始，排水沟、便民中心、道路硬化等15个基础项目相继建成。

从用好25万元专项扶贫资金、建成玩具加工厂开始，鞋帮缝制点、手套、油顶加工厂等4个就业点的建成，为有不同就业需求的群众提供工作岗位，饱和就业可安置220人。

从发挥荒山适合林果种植的优势、成立 3 个农业种植合作社开始，引领群众发展钙果、葡萄种植 196 亩，建成油桃、草莓大棚 18 个，鸽子养殖场一处，争取"富民生产贷"1000 万元，群众收入大幅增加。

从在全村 90 位 70 岁老人家庭中推行"孝心养老基金"、弘扬敬老养老文化开始，砖埠镇广场舞大赛、"七一"文艺汇演、"好媳妇、好婆婆"评选、给特困户送温暖等系列活动的接连开展，桃源村精神文明有了新风貌。

他带领工作组和村"两委"，一年多的时间就争取和引进项目 28 个、资金 1036 万元，桃源村变"桃花源"。

潘继斌全身心投入脱贫攻坚第一线，却没有更多的精力去照顾家庭。"爸爸！你去哪了，几时回来呀？我又给奶奶打针了。"两个孩子想他，姐姐又撺掇弟弟给他打电话。母亲患有动脉瘤、脑血栓、糖尿病，饮食禁忌多，每天需两次注射胰岛素。在县城工作时，每天的作息时间比较有规律，他利用业余时间把母亲伺候得好好的，打针、喂饭、吃药，给母亲翻身、擦澡，不觉间已经过去 16 年，全家人早已习惯这种生活。自他当了第一书记，原有的生活格局全被打乱。

2017 年 3 月 22 日，驻村刚满一年，他在桃源村山上的钙果种植现场，接到妻子打来的电话，赶到家时母亲已没有呼吸。他轻轻抚平母亲仍微睁的双眼，合上母亲微张的双唇，把母亲冰凉的手拉过来放到自己的手心里，哽咽无声。

很少回家的潘继斌，每次回家都是先蹲在母亲的床前和娘拉拉呱。母亲是老师范生，非常支持儿子的工作，最爱听儿子和她说说这些日子来都干了啥。虽然不能说话，但她识字，潘继斌有时就翻着日记一项一项地说给娘听。那时，娘总是用唯一能动的那只手，抖抖地摸两下他驻

村一年就掉光头发的头顶，娘是在心疼他。

沂南县岸堤镇杏山子村属于省级重点贫困村，村子被群山环抱，山头几乎须仰视才可见。种植的传统农作物就"挂"在山坡上，浇不上水，土地贫瘠，天气炎热时，庄稼几乎天天萎蔫着叶子。

村支书刘长军说："当时我们对脱贫没有啥指望，想脱贫的障碍简直比用手掰开榛子壳还难！"

2015年，县物价局派驻第一书记来到杏山子村，情况有了转机。第一书记发现周边村庄虽然也是山地，但坡缓有水，发展水果种植效益不错。这让杏山子村的群众很是羡慕，走产业扶贫的路子乡亲们很认同。

第一书记邀请果树专家到村现场会诊，专家提出种植大果榛子的建议。大果榛子就是平欧大果榛子，是欧洲榛子与我国野生榛子杂交选育而成的，果大、丰产、出仁率高，还有抗旱、管理粗放的优点。

对于种榛子树，村"两委"干部都非常赞同，刘长军书记说，那个时候主要考虑到我们村都是瘠薄山地、缺水，加上年轻人都外出务工，用工投入较少、产值比较高。

种榛子还属于稀罕事，乡亲们闻所未闻。在当地以及周围县区没有栽种先例，大家都不愿意做"第一个吃螃蟹的人"。为推广榛子种植，第一书记和村"两委"挖空了心思，挨家挨户、苦口婆心地去做工作。后来，"不经烦"的村民抱着怀疑的态度在自家的地里种上榛子树。

大家发现榛子树确实抗旱，山上种的红薯、花生都耷拉着叶子，榛子树却鲜亮葱绿。乡亲们觉得这事能成。2015年，该村利用扶贫资金种植榛子树近120亩。随后零零散散带起80余亩，目前全村榛子种植面积达到 200 亩以上。

按照榛子正常的生长规律，第三年进入初果期，2017 年乡亲们从夏天到秋天，树叶子翻了好几遍，也没见个榛子果实。

因为干旱，这里的榛子树比正常环境栽种的要矮小很多，这一年没有结果，村民的信心和希望几乎消失殆尽。大家在树空间隙套种的庄稼离榛子树越来越近，有的直接耕出树根，对很多村民来说，是榛子树影响了庄稼的生长。

刘长军书记担心有人会带头把榛子树拔出来，他天天骑摩托车到山上转上一圈。遇到有人在榛子林里忙活，他就给鼓鼓劲。

2018 年是榛子树栽种的第四个年头，大点的榛子树结果了，乡亲们觉得应该善待这些榛子树，大家开始给这些果树追肥。刘长军书记觉得一块石头落地了，不用担心有人去刨树种地了。

▲　杏山子村张美兰在采摘大榛子

他说，现在到了成熟期，东北的客户来拉鲜果，我们三四天采摘一批。现在我们卖的是鲜果，带着花苞一起卖，收购价是一斤 5 元，折合成干果价格 17 到 18 元左右。不用晾晒就卖钱，乡亲们觉得很知足。

2019 年，村里孟凡祥家卖得最多，卖了 8000 多元，还有 6 家卖了 4000 多元。"俺想明年再多种上点，扩大种植规模，这比种桃、种地瓜好多了，收益还高，管理还轻松，耽误不了干别的活。"已经脱贫的张美兰尝到榛子产业带来的甜头，高兴地说。

13 教育扶贫"无问西东"

一条九曲回肠的山道，通向恩施州来凤县的大河镇。在大河镇中心小学，有 2080 名学生，36 个班级。对于周边大山里的孩子来说，这里是希望的起点。

雷美央是杭州市德胜小学的语文老师，也是浙江省实施"东西部扶贫协作战略"后首批对口支援派驻的老师。就在这个山谷中的学校里，雷美央待了 365 天。她走进了 2080 名学生的教室，也走进了 105 位老师的生活，更走进了来凤人的心里。

"转眼，离开杭城，来到大河镇近一个月了。支教生活，一切都记忆犹新，历历在目……最重要的是大山里的孩子们，那一双双求知的眼睛……有鼓舞，有温暖，也有期盼……一切都那么真实而感动！"——【雷美央日记 2018.9.22 星期六 阴雨】

初次来到大河镇中心小学，雷美央有些意外。大操场宽敞、教学楼外立面整洁干净……"看起来还可以啊！"雷美央还记得自己当时对学校的第一印象。

可很快，"但是"来了。站上讲台，她才明白这句"还可以"，说得有些轻松了。不到 50 平方米的教室中，满眼都是课桌椅。"我们原本是按照 40 人标准建的教室，但实际上大多数班级都有 60 多人。"中心小学校长傅开国说道。

"我来自浙江杭州，是你们的语文老师，我姓雷，大家可以叫我雷老师。我想做大家的好朋友，你们愿意做我的朋友吗？"

"愿意！"座位上的孩子们异口同声。

看着台下乌压压的人群，看着一双双充满期待的眼睛，讲台上的雷美央，内心泛起一丝酸楚，但更多的是责任和力量。教室里没有空调，没有电扇。讲完一堂 40 分钟的语文课，雷美央浑身都湿透了。"不能让孩子们汗如雨下，我一定要给这里带来一点改变。"只是一堂课的时间，雷美央就做出一个最朴实最坚定的决定。

回到县里开碰头会，雷美央说的头一件事就是"电扇"——她向拱墅区反映教室没有电扇的问题，最终拱墅区企业浙江元谷企业管理有限公司捐赠大河中心小学 5 万元，让教室里迎来凉风阵阵。

"这么多年来，这是孩子和老师们第一次能在夏天不擦汗上完一堂课。"傅校长忆起当时的感觉，甚至还做了一个刮风的手势。简简单单的凉风，对于孩子们来说，却是久违的幸福。送来凉风，只是硬件上的升级，而雷美央更看重的是孩子们的心理建设。

"这边的孩子很聪明、很有创造力，让他们做手写报、手工书签，一张张都做得漂亮极了，就是平时不太自信，课堂上比较沉默。"雷美央发现一些成绩暂时落后的同学，容易丧失学习的兴趣和自信心。

"站上讲台的第一课我就告诉孩子们，在我的班上，有进步的、知错能改的、尽力而为的，都是雷老师喜欢的孩子。"改变从"好孩子"

的标准开始。

当时,学校有个出了名的逃课生陈远(化名)。"孩子成绩比较落后,每次问他为什么不来,就说自己肚子疼。"打听一圈,雷美央发现孩子的家就住在学校对面,"离学校只有几步路,却不愿意来上学,原因到底是什么?"

雷美央决定做一次家访。"孩子的父亲常年在外打工,由妈妈照顾。整个房间只有一张床,我坐在床上,他也坐在床上。"雷美央回忆道,"我问他为什么不去上学,他一开始又说'肚子疼',再问,就说'成绩太差了,讨厌学习'。"当时的情形下,孩子完全不听劝。看着陈远空旷的房间,雷美央先去买了一些文具送给他。"不管怎样,只要来学校就是好学生,成绩后面可以慢慢提升的,别怕,还有老师……"

"你可以把雷老师当成你的朋友,有什么不舒服的可以告诉我。"慢慢地,一声声关心,一趟趟探望,融化着孩子的心,陈远重新回到班集体,"上学期几乎没有缺席,成绩也提升很多!"

"好孩子"的评价标准,不该只有一个。这是雷美央始终坚持的温度教育,"我要让一个个绷紧的小肩膀慢慢地放松下来。"

"我会将杭州的先进的教学方法、管理经验和教学理念带到大河。倾注心血,尽我所能,踏踏实实地工作,在有限的时间里,和这里老师一起,为大河的教育贡献我的绵薄之力。谱写一首教育人生的小插曲!"——【雷美央日记 2019.1.10 星期四 阴雨】

大河镇中心小学有105位老师。其中,40岁以下有53人,37人教龄在5年以下,年轻老师居多。

在这里，很多老师都不是"科班生"。有的是自考教师资格证，有的是先上岗再拿证，有的专业是语文，但由于人手紧缺，被安排去教授别的课程。"我们这偏僻，不好招人。本校老师的流动性也很大，优秀老师都会找机会去县城。"傅校长说，对于雷老师的到来，学校几乎是盼红了双眼，"我们想让雷老师为我们带来杭州先进的教育体系和方法。"

对于青年教师的培养，大山里的学校既没有成熟的平台也没有选择的条件。雷美央一边带班，一边在思考这个问题。"教育扶贫的点不应该只集中在学生身上，培养优秀的教师队伍也很重要。"最后，她和校长以及杭州市对口帮扶恩施州工作队来凤工作组提议，开设"美央青年教师成长工作室"，打造一个帮助青年教师成长的平台。

走进工作室，规章制度和工作内容全部上墙。工作室开辟"六个一"工程：拜一个师傅、写一手好字、上一节好课、讲一个好故事、读一本好书、写一篇好文章，全方位提升教师专业水平。"一开始我只邀请几位年轻老师，后面越来越多老师主动申请加入，最后我和校方商量一下，将所有教龄5年以下的老师都纳入工作室。"雷美央把讲台视作阵地，在她心里，讲课质量是所有的核心。

工作室开设"教学沙龙"，组织经验丰富的老师，帮助年轻老师"磨课"。"老师先对着大家试讲，然后大家一起琢磨，怎么让这个课变得更精彩。"例如，让学生们记忆深刻的《生命，生命》，就是6位老师磨课一个月的成果。

远离家乡，字帖、湖笔、墨香成了雷美央工作之余的伙伴。时间久了，就连老师们也开始驻足，起初是悄悄地看，静静地离开。有一天，姚相互老师开口对雷美央说："雷老师，让我们来陪你练字吧！"

▲ 雷美央与学生共读远方来信

"好呀！"雷美央一口答应。后来田学高、刘永志老师来了，年轻的文娟、龙婷、向素娇老师都来了……再后来，就连腿受伤的老师和退休老师也逐渐加入。教务处主任周达明老师提议，干脆成立个书法俱乐部。就这样，老师们的书法俱乐部诞生了，起名为"近墨轩"。

"现在我们半年就举办一次全校书法大赛，全体参与！"雷美央说，作为教育体系的一部分，一手好字既是调和剂也是基本功。

除了讲好课、练好字，雷美央还会在工作室与老师们分享好的图书。"上半年，我们读了一本教育专业书——《做有温度的教育》，老师们看完都写了很多读后感，有的还发表在国家级刊物上。"

乘着东西部扶贫协作的东风，杭州不断输送老师和教育资源过来。

"目前已有 18 位教师来到这里，开讲座，开培训班，我们也送了两批老师去杭州学习，下学期还打算再送一批。"架起了这些渠道的雷美央，常常将自己比作一个齿轮，"也许我的力量渺小，却能带动一些良性的互动。"

为丰富孩子们的课余生活，雷美央发动自己先前在德胜小学带的班级，给大河镇中心小学 506 班捐书。"马上收到近 200 本课外读物，我就放在班上，做了一个爱心图书角。"再后来，图书角扩大到全校范围。为筹建"大河小学爱心书社"，雷美央和工作组发动杭州各小学捐赠图书，"目前已经捐赠 15000 多册，我们的目标是三万册！"

"'关爱是驱逐孤寂的春风，团队是战胜困难的力量。羡慕你被爱的暖意包围着的支教生活……'，这条我知道是谁留下的，家人的支持永远是我克服艰难，砥砺前行的力量！"——【雷美央日记　2018.10.30　星期二　晴】

这半年来，傅校长总是微笑着，他说自己上班变轻松了。"雷老师来了之后，学校整体的氛围起来了，大家都干劲十足，我感觉都不用怎么操心了！"

除了黑板和宣纸，雷美央从来不是一个满足于"坐而论道"的人。在这里，雷美央看到求知若渴的孩子，看到坚守在最艰苦地区的教师。在大河镇中心小学所属的更偏远杉木小学，全校仅 19 名学生，2 名教师。"每次想起当时第一次看到那个学校时，我的心都会有点痛。这里的老师和孩子们，给我触动太深了，我就觉得自己一定要竭尽所能去把工作做好。"

在大河镇芭蕉溪村，她看到因病休学的留守儿童张阳（化名）。"由于身体原因，张阳已四年无法到校上课。学校领导、老师可没放弃，连续4年坚持安排老师给他补课。"

雷美央始终记得补课时的场景。张阳在老师们的指导下，一会儿画画，一会儿写字，一会儿学儿歌……久违的笑容，又重新挂在脸上。分别的时候，老师和往常一样给他留作业，对他说，"过些天，我们再来看你！"

走得很远，雷美央忍不住回头，发现张阳和爷爷奶奶还在不住地向他们挥着手……

温暖从来不会是单向传递的。大河镇来了一位"杭州老师"，这事很快就成了当地村子里口耳相传的"新闻"。

上学期的寒假前，雷老师带着"近墨轩"的成员到学校外面摆起对联摊，免费给周围的老百姓写对联。"老乡们都来要，后面对联纸都没有了，他们就自己买纸过来，让雷老师写对联。"傅校长笑道。

工作室的小楼对面，就是教职工宿舍。雷美央就住在那里。"我平时很忙，也没什么空去县城……"所以，教室、办公室、食堂、宿舍……每天四点一线，她就这么过了一整个学期。

"别说县城啦，她的儿子正在中南民族大学读书，她连武汉也都没去过，上学期都没回过家，还是她老公过来看她的。"傅校长在一旁笑道。雷美央也笑了，说道："我以前老吐槽他大男子主义不干家务活的，上次他来，我发现做饭洗碗打扫清洁，麻利得很，这次可把他锻炼出来了！"

想家吗？当然想。最近孩子们放暑假，雷美央才抽空回了一次家。第一件事就是看望瘫痪在床的父亲。2018年父亲就已经在重症监护室，

"2018年是偶尔进去，今年……"说起这些她平时不愿说的心里话，雷美央的声音有些哽咽，"今年就一直住在医院里了"。对于雷美央这样的扶贫工作者来说，家庭的牺牲无疑是巨大的，但总有种力量，在支持她砥砺前行。

教育扶贫的期限还剩下半个学期，她想做的还有很多。"我们正在打造'空中课堂'平台，这样孩子们能听到杭州的课，现场还可以实时互动。"雷美央还跟校长提议，开展"大河好声音"评比，激励课堂教学进步。

在这场教育扶贫中，不仅仅是雷老师一个人。2018年暑假，拱墅区教育系统79名校（园）长、教师来到来凤县支教。5天的时间，拱墅名师团带来4堂现场示范课、11场专家讲座、18次论坛发言、100人次以上的交流发言，两地300余位校（园）长、教师共同学习成长。

2019年5月14日，来凤县校长培训班在杭州市育才京杭小学开班。这是拱墅区教育局专门为来凤县开设的，依托"拱墅区教学节"开展深度研修。"有好的活动喊你们来"，这是拱墅教育在《2019年拱墅区·来凤县东西部扶贫协作工作方案》中对来凤作出的承诺。刚来时，雷美央以为自己会孤独。如今，她已成为他们的"战友"。

一个晴朗的下午，雷美央呷一口土家藤茶，缕缕阳光照进窗子，无尽的暖意顿时在心头蔓延……"有陪伴的日子就没有孤单；有阳光就有温暖；有爱就有力量！"她在日记中写道。

14　我们赶上了好时代

"快看，快看，马文个的儿子马木亥买两口子从厦门打工回来了。"
贫困户马文个听到乡亲们的议论声，老两口三步并作两步从家中跑出
来，望着身穿品牌衣服的儿子儿媳，接过大包小包让到新房里面。邻居
们纷纷涌进来围观，询问厦门务工的收入情况。看着崭新的住房、硬化
的院落、快下犊的能繁母牛，大家感叹：这家难心人（困难人）今年终
于拔掉了穷根！

"我们赶上了好时代，这一切的一切都是遇到了贵人"，马文个所说
的"贵人"，就是甘肃省康乐县委吴书记。

马文个所在的周家沟村，是一个纯少数民族聚居村，系深度贫困
村，总户数 404、2216 人，其中有建档立卡贫困户 168 户。2013 年，
村干部带来镇上的干部，来到马文个家中，说是专门查看住房情况、了
解生活状况。这些人房前屋后丈量他家建于 20 世纪八九十年代的"磨
房亭"（土坯危房），询问老两口的身体状况，查看口粮和吃水情况。当
问到家庭收入时，马文个老泪纵横地诉说："哪有收入啊，种的 5 亩苞
谷不够一家 7 人的口粮。儿子木亥买两口子没文化，在家里闲着。我给
邻居们打胡基（做土坯块）挣点油盐钱，连药都吃不起。老房子夏天漏

雨、冬天灌风，不知道啥时候是个头啊……"

镇上来的干部边听边记边看，鼓励他们一家人振作精神，勤劳致富。然后，走到一边商量着什么。弄得马文个丈二和尚摸不着头脑，不知道他们葫芦里卖的啥药。不一会儿，领头的镇上干部说，你家的致贫原因是缺劳力，我们商量列为建档立卡精准扶贫户，在全村进行公示。"是不是精准扶贫户无所谓，还不是摆摆样子，解决不了我家的难心（困难）"，马文个自言自语道。之后，他渐渐淡忘了这件事情。

2014 年的一天，村干部领着一个干部模样的人走进马文个家，说是他家的帮扶责任人——县人社局干部曹红园。

"能帮扶什么，还不是做样子的"，马文个寻思着。曹红园像前次一样，详细了解他家的情况，掏出本子不断地记录着，并与马文个拉家常、倾心交谈，弄得他有些不耐烦。之后，曹红园多次来到他家，摸底调查，核算收入，和他们一家人商量制定"一户一策"精准脱贫帮扶计划。从此，曹红园成了他家的常客，经常运转"一户一策"，帮助干这干那。

2015 年，曹红园给他们联系贷精准扶贫贴息款 5000 元，动员马木亥买两口子到新疆务工。几个月后，马木亥买两口子挣了点钱回来，家庭情况渐渐有了起色。快到冬天，曹红园又来到马文个家，给他的三个孙子带来新衣服，穿上新衣服的孩子们高兴得像过节一样。曹红园叫马文个到县城来，给他试着买套合身的衣服。马文个乐呵呵地说："我都七老八十了，就不要买衣服了。"

2017 年下半年，村干部走进马文个家，告诉他一个好消息：你家帮扶责任人换成县委吴书记！他半信半疑，县委书记怎么会到这大山僻村来帮扶我呢？好事不会落到我的头上吧！过了几天，他家门口突然来了一帮人，随行的人介绍说，这是县委吴书记。吴书记握着他的手嘘寒问暖，亲切地称文个为"文哥"，一下子拉近了两人之间的距离。详细了解他家的情况，仔细查看住房、院落、口粮……将他家的所有难心事记在本子上，填写"一户一策"，逐一商量解决办法。

当看到大冬天的、还没生炉子时，吴书记掏出钱，立即叫人买来炭。马文个的老伴开始生炉子，满屋子暖融融的，一家人高兴得合不拢嘴。2017 年底，当得知马文个患心脏病经常吃药后，吴书记给老两口联系办理慢病卡，定期吃药由医院门诊给予报销，解决他们吃不起药的难心事。全家人因此参加医疗保险，老两口按时缴纳了养老金。后来，马文个患静脉曲张，试着给镇卫生院签约医生打电话，没想到签约医生立即到他家，将他转诊到县医院住院治疗，住院费基本上都给报销了。说起这事，马文个激动地说："党和政府的政策真的太好了，啥都不愁了，真想多活十几年好好享受享受啊。"

2018 年 10 月，当了解到马木亥买两口子在新疆务工收入不高的情况后，吴书记通过县劳务输转组织介绍他们到厦门同安区麦丰实业务工。

如今，他们两口子在厦门同安区稳定就业，每人月工资 5000 多元，而且县上发了 7666 元的务工奖补，逢年过节可休假回家。一家人逢人便说："我们遇到了好书记，解决了难心事，有了稳定的收入。"

话还得回到 2017

▲ 马文个家还没有完工的住房

年下半年，吴书记看到他们一家人住着土坯危房的情景后，争取危房改
造资金2万元，动员马文个一家修建了4间主房。协调拉通自来水，结
束了马文个一家吃井水的历史。2018年，吴书记看到他的新房无力收
尾，就买来地板砖、瓷砖，找来工程队，在新房里铺上地板砖，粉刷墙
面，打上顶棚，在外墙贴上瓷砖，帮助他们搬进梦寐以求的新房。还找
了台挖掘机，挖掘推整新房前的土埂，修建围墙、大门，改造厕所，硬
化院子。通过硬化通户道路，将通到他家的土路修成水泥路，使他们告
别"晴天一身土，雨天一身泥"的历史，彻底改变了家庭面貌。

2018年4月，又发放补贴3万元，修建牛棚、彩钢房；补助一万

▲ 明媚的阳光照进马文个新家

元，引进一头能繁母牛。"这头母牛快下牛犊了"，马文个边喂食苞谷饲料边高兴地告诉老伴。之后，他们又续贷精准扶贫贴息款。马文个说："大孙子在村小学上学，享受'两免一补'政策，前几天学校还发了校服、棉衣、手套，把娃娃们关心得比家里人好，我们的主要任务是带好两个年幼的孙子。"他将到户产业一万元入股村光伏合作社，每年分红500元以上。前不久，吴书记到他家，运转过"一户一策"后，与随行人员将他家的卫生清理得井井有序。"我们赶上了好时代，享受上好政策，遇上了好干部，吴书记不是亲人却胜似亲人，两年多的帮扶下，彻底改变了我们一家人的精神面貌，激发了我们脱贫致富的信心和动力"，马文个感慨地说。

望着满院子晾晒的玉米棒棒、装满油桶的菜籽油，马文个说道："如今吃穿不用愁，住上了新房，吃上自来水，走上硬化路，看病不要钱，上学有补贴，养老发给钱，打工挣了钱……这是历朝历代想都不敢想的。"当听到康乐县2019年要实现整县脱贫摘帽的消息后，马文个向前来看望他的吴书记申请脱贫。他说："感恩党、感恩政府，如今我们像活在了天堂里，还有什么理由赖着不退出贫困呢？"

"斧头剁了白杨了，硬化路铺到门上了，自来水家家通上了，天堂的福哈都享了；钢二两，四两钢，农村面貌大变样，吃的吃来放的放；杆两根，四根杆，党的恩情唱不完，幸福路上明天见……"傍晚时分，马文个让孙子打开手机音乐，倾听着这首优美动听的莲花山花儿。

15 "内源式发展"增强内生动力

油溪桥村位于湖南省新化县吉庆镇东北部，属石灰岩干旱地区，人均耕地面积不足 0.5 亩，当地曾流传一句话"有女莫嫁油溪桥，一年四季为呷愁"。习近平总书记强调，"幸福不会从天降。好日子是干出来的。脱贫致富终究要靠贫困群众用自己的辛勤劳动来实现。"近年来，油溪桥村如何实现从省级贫困村到全国十大乡村振兴示范村、全国文明村、全国百强特色村庄和国家级 AAA 景区村的完美蜕变？

激发自立精神，变"靠天靠地"为"不等不靠"

激发村民脱贫致富内生动力，聚合"我要脱贫""我要振兴"的精气神，走出贫穷、走向振兴。

穷则思变：拔除穷根先立志。农民自身思想的转变，是脱贫攻坚的前提。油溪桥村面对土地贫瘠、赌博成风、人心涣散、劳力外流的困境和窘迫，从转变观念和精神脱贫入手，提出"做一个有尊严的村民""不要向别人要，靠自己求发展"，通过思想宣讲、移风易俗、新风倡导、感恩教育以及典型树立等方式，引导村民树立"人穷志不穷，脱贫靠自身"精神和自我振兴意识，摒弃好吃懒做和等靠求要的落后观念，形成自尊、自信、自主、自力的共同意志，全方位激发村民参与乡村建设的主动性和创造性，共同谋求适合本村发展的出路。

勇于破局：迈出致富关键步。在"不等不靠"思想理念的引领下，油溪桥村开始思索在外无资金来源、内有先天不足的被动局面下，如何在自己一穷二白、资源匮乏的乡村大地上找到脱贫致富的突破口。经过苦苦探寻，他们先后挖掘出油溪河边一块闲置沙洲的商业价值，以资金垫付、设备租用、劳动力自筹等方式，把闲置沙洲开发成有造血功能的停车场项目，实现租金收益 20 万元，挖到村集体经济的"第一桶金"。提出"凭、听、察、看、摸、查、调、确"八字法，推进集体林权制度改革，开发荒山 2000 余亩，荒山开发率100％，推出一年四季有果有花的多品种多功能经果林建设，为村庄文明建设、自治管理、生态资源可持续发展，以及村庄长远发展夯实了坚实基础。

自力更生："双手就是万宝山"。多年来，油溪桥人的精神字典里出现最多的是"靠天靠地不如靠自己""自己的家乡自己建"。没有单位帮扶、没有领导联点，但从不哭穷、从不提要求，村民们凭着自己的双手，一锄头一锄头挖，开山劈石、垒坝修田，逢山开路、遇水架桥，创造出一个个乡村奇迹，油溪桥村旧貌换新颜。例如，为实现耕种水旱无忧和出行户户通，村民们握紧锤子自己干，仅花费 3000 元钻机费，就完成 16 万元的管道沟通挖掘施工项目。

▲ 油溪桥村民进行山塘清淤

增强自身力量，变"软弱涣散"为"人齐心齐"

面对班子软弱涣散、村民人心不齐的状况，油溪桥村以基层党建凝聚全村人、鼓舞全村人、带动全村人，形成一支内生内发的自主力量。

强带头人。"群雁高飞首雁领，羊群走路靠头羊。"在外经商、身家千万的致富能人彭育晚，被成功引回任村支书。彭育晚发挥脱贫致富"领头雁"作用，凭借其坚定信仰、先进理念、奉献精神以及人格魅力，带领村"两委"一班人，大刀阔斧狠抓支部班子建设、推进村务治理改革、构筑产业发展四梁八柱，推动村生态环境、产业项目等各项事业实现全面振兴。彭育晚先后被授予"中国好人""全国新农村致富带头人""湖南省最美扶贫人物"等荣誉称号。

强支部。推行村"两委"委员公开竞选制，确立比信念、比作风、比奉献和看谁服从意识强、看谁服务态度好、看谁业务素质高"三比三看"竞选标准，参选者公开亮业绩、公开谈思路、公开作承诺，打造"主心骨"。吸收有学识、有能力、有担当的乡村精英和年轻党员进入村组班子，村"两委"委员平均年龄不到36岁，其中大专以上学历6人。强化支部班子治理能力建设，油溪桥村被授予"全省基层党组织建设示范基地"。

强党员队伍。制定推行拆除乱搭乱建先从党员开始、义务筹工先由党员带头、落实处罚先从党员实施的"三先规定"，倡导党员干部"戴袖上岗亮身份、发展致富当能手、学习生活贴群众"，实行党员服务联户制度，全村党员主动为村民群众"解心结""解忧愁""解难题"，做到"使每名党员都成为一面鲜红的旗帜"。推行党员干部定岗、定点、定责、定项"四定"制度，对党员履职担当进行月度、季度、年中、年终考评，让党员干部干有激励、干有监督。建立党员廉政勤政档案，设置党员公益事业和捐款筹工公示栏，党员干部带头义务筹工8200多个。

盘活自然资源，变"绿水青山"为"金山银山"

挖掘山水人文等内源性资源，因地制宜发展地方特色产业。以共建共享共扶推动产业兴村、产业富村，将"穷山窝"变成"聚宝盆"。

做好"共建"文章。综合山水、生态、农业、民俗等发展元素，推动乡村一二三产业、休闲农业与乡村旅游深度融合。树立"不砍一棵树"的生态富民理念，实行十年绿化工程、四年联村建绿和封山育林，

栽种苗木 30 余万株，森林覆盖率 92.8%，实现不露黄、无污染、山常青、水常绿。依托油溪河奇、秀、美的资源优势，开发油溪河峡谷漂流景区，修建村文化长廊、清代石拱桥等历史文化景观，创建国家级 3A 级景区，年接待游客 6.5 万人次，综合收入 1225 万元。依托本地气候土壤特性，推动"一村多品""一户一特""一户多业"，探索发展田鱼养殖、甲鱼养殖等特色农业，建成农业产业基地 13 处 3300 余亩，其中甲鱼养殖和稻田养鱼基地 560 亩、经果林 2800 余亩，已形成 10 多种注册"油溪桥"商标的农产品，年销售收入 265 万元。

做好"共享"文章。推动人力、物力和资源整合共享，实现资源变资产、资金变股金、村民变股东。村集体成立 2 家旅游开发有限公司，村民资金入股 30%、劳动力入股 15%、土地入股 5%，全体村民共同参与经营、共享发展成果。创立 4 个专业合作社，采取村委统一组织开发、公司统一收购销售、合作社统一规划管护、技术人员统一培训指导、农民统一参与行动"五统一"模式，31 家农家乐实行统一管理和运营的公司化运作，确保家家户户有产业、家家户户有分红，实现村民产业发展零成本、零风险、高收益。

做好"共扶"文章。倡导富帮穷、先帮后，建立"一传二帮三带"工作机制，实行党员干部带、致富能人带、先进模范带，传产业技术、帮产业发展、帮管护销售，产业开发经营实现全村人口、全村土地、全村项目"三个全覆盖"。推行村委牵头、村组干部结对帮扶、全体村民义务捐工捐劳三级联动帮扶，发展村级福利事业，开发钓鱼山庄为贫困村民创造年福利收入 4 万余元，村扶危济困基金会发放救助金 62 万余元，帮助困难家庭改造危房 36 套，确保全面小康路上"一个不少、一个不落"。

创新自治管理，变"不愿不为"为"共治善治"

发挥农民的自治主体作用，探索创新"参与式"治理模式，推动村民共议共治共管。

以"小协商"推动"大治理"。秉承"村里的事情商量办、村里的事情一起干"议事协商理念，创新推动村民理事会、项目理事会、农民用水者协会等"微"自治组织建设，共商共议产业规划、项目建设、净化美化及用水管水等村级重大事项和公共事务，农民用水者协会获评"全国用水者模范协会"。建立动员会、交流会、交心会、表彰会等"四大会议"制度，推行通报会、听证会、评理会等新型议事模式，推动民

▼ 油溪桥村休闲观光乡村旅游场景

事民议、民事民办、民事民管。

以"小规矩"管出"大文明"。为扭转过去红白喜事攀比成风、烟花爆竹浪费巨大的旧习气，油溪桥村自立规矩制定并7次修订村规民约，成功实行禁赌、禁炮、禁烟、禁渔、禁塑、禁伐、禁猎、禁铺张浪费等"10禁"，确保乡风治理有章可循。推行一户一文明档案袋制，实行村民包庭前卫生清扫、包绿化管护、包美化建设、包设施维护、包污水净化"五包"制，每年评选一批"最美党员""最美村官""最美家庭"等"十美"村民，引导村民从自觉戒烟、自觉戒赌、自觉捡烟头、自觉扫落叶改起做起，全面推动乡风整治和移风易俗。2017年，油溪桥村获评"全国文明村"。

以"小积分"激发"大活力"。推出"积分制"新型管理模式，推动村庄自治迈向精细化、科学化、现代化。制定出台《积分制管理细则》，全面量化出工出力、责任义务、产业经营、诚实守信、家庭美德等村民生产生活各类表现，设立奖励量化指标35项、处罚量化指标41项，逐人逐户实行积分动态管理。实行一事一记录、一月一公开、半年一评比、一年一考核，坚持考核到岗、量分到户、打分到人，积分高低与产业收益挂钩、与干部绩效挂钩、与评优推选挂钩、与物质奖励挂钩，汇聚起全村上下争相比筹劳、比产业、比贡献、比担当的活力，实现村庄治理从粗放到精细、从被动到自愿的转变。积分制的推行，实现全村公益用地零征收、零矛盾、建设项目劳动力自筹、全村累计义务筹工76000余个。2018年，"积分制管理"经验入选全国首批乡村治理典型案例。

16 打好产业扶贫"组合拳"

精准扶贫重在精准发力，重在产业扶贫。落实好精准扶贫的各项工作，抓好产业扶贫是关键。云南省昭通市注重打好产业扶贫"组合拳"，充分发挥产业扶贫的巨大作用，大力推动精准扶贫更好地发展。

做强苹果特色优势产业

昭通市低纬度、高海拔、昼夜温差大、硒土沃壤，孕育了昭通苹果"天然富硒、早甜香脆"的独特品质，深受广大消费者的青睐。但组织化程度低、品牌影响力小、带动增收能力差，昭通苹果"盛名之下其实难副"。近年来，昭通市按照"老产业 + 新理念、新机制、新技术 = 新产业"的思路，采取"引龙头、抓创新、强指导、树品牌、重引领"等举措，做强苹果特色优势产业，助推脱贫攻坚。截至目前，昭通苹果种植总面积已突破 60 万亩、预计产量 65 万吨、综合产值 80 亿元以上，覆盖 31 万余群众，3.38 万贫困群众通过苹果产业实现稳定脱贫。

引龙头"重组优化"。引进和培育陕西海升果业发展股份有限公司、湖南商会、东达公司等一批关联度大、带动能力强、有市场竞争力的龙

▲ 农户种植的"昭通苹果"

头企业推动苹果产业发展。通过把土地整合起来，把群众组织起来，走组织化、集约化、规模化发展的路子，对马铃薯、玉米、苹果等传统产业实行"重组优化"，规划建设现代苹果示范园10万亩。目前已建成4万亩高标准苹果示范园，成为全国最大单体连片矮砧密植示范基地。培育种植营销企业20余家，初加工脆片、浓缩果汁企业4家，合作社254个，果品贮藏冷库、气调库近300座，贮藏能力达2万吨。

抓创新"合作共赢"。坚持良种良法、高度组织化和集约化模式、党支部＋合作社"三个全覆盖"，用"第一车间"理念推动集约化发展，探索出"资产抵押、固定收益、股金分红、务工收入"和"龙头企业＋基地＋支部＋合作社＋贫困户"等产业发展模式，推进资源变资产、资金变股金、农民变股东"三变"改革，实现联产联业、联股联心、抱团取暖，多渠道增加群众收入。例如，海升集团昭通超越农业有限公司，采取"企业＋基地＋建档立卡贫困户"的方式，在昭阳区建设4万亩现代苹果产业示范园，通过地租收入、劳务就业、搬迁户托管、股份分红等带动 2.1 万群众增收。鲁甸县浩沣苹果种植专业合作社，采用"党支部 + 合作社 + 农户 + 基地 + 公司"的模式，以土地流转、入股分红等方式，形成"流转土地 + 入股分红 + 劳务收入"的多元增收机制，带动 102 户贫困群众脱贫。

强指导"走科技路"。针对苹果生产无统一标准的实际，制定《绿色食品昭通苹果生产技术综合规范》8 项技术标准，聘请 8 名国家苹果产业技术专家，并与高等院校、科研院所合作，在产业规划、现代模式栽培、育苗技术等领域给予指导和帮助。建立市、县、乡、村四级苹果产业科技服务体系，组建村级苹果辅导员队伍 340 人。邀请国内外苹果知名专家对技术人员和果农进行培训，每年培训 1 万余人次，果农科学种植技术水平明显提升。

树品牌"打绿色牌"。坚持以品质求生存、以品牌促发展，不断强化区域品牌和产品

▲ 村民丰收苹果的喜悦

品牌，在规范认证、试点示范、展示展销等方面持续发力，加大农业品牌培育、塑造、营销推介和宣传保护。昭通苹果共获绿色苹果认证 15 个、有机苹果认证 1 个、苹果有机转换产品认证 1 个。不仅销往我国东部沿海城市、香港地区，而且远销东南亚及南亚国家等，还拓展了迪拜等中东市场，销往市外的苹果占总量的 80%以上。

走出一条马铃薯产业发展之路

昭阳区靖安镇松杉村西魁梁子平均海拔 2300 米以上，土壤肥沃、土质疏松，温差适应、光照充足，适合种植马铃薯。"西魁马铃薯"，曾是一块金字招牌。由于传统、粗放种植，无标准、成本高，质优、量少、价低，一直制约群众增收致富，全村 755 户就有 475 户贫困户。

2016 年以来，昭阳区采取送理念、送政策、送技术，联群众、联金融、联市场，育基地、育龙头、育业态的方式推动"西魁马铃薯"基地建设，走出一条"三送三联三培育"的马铃薯产业发展之路，实现"此马铃薯非彼马铃薯"的涅槃蝶变。

传统产业"老树抽新芽"。送理念，谋产业布局。对马铃薯产业"聚散为整"重新布局，用工业化理念抓实马铃薯产业，前端抓技术支撑、中间抓生产组织、后端抓好市场营销，以新主体、新平台、新机制推动马铃薯产业发展。送政策，扩种植面积。以最优的政策、最宽的途径，鼓励和扶持贫困群众进行产业结构调整。2016 年以来，累计投入 1000 多万元用于原种补助、肥料补助等，种植面积从原来无序化、零散化、传统化的 8000 亩，发展到现在标准化、规模化、现代化的 15000 亩。送技术，推产业标准。全面推广"九统一"绿色高产高效集成技术，通过实用技能培训、样板引路，大规模全面建设。实行统一脱毒良种、统一机耕机耙等"九个统一"，实现集成化、标准化生产，保证每一亩马铃薯都是高产量、每一粒都是高品质。对产品进行分级分类，让不同级别的产品适应多样化的市场需求，逐步形成"西魁马铃薯"产业标准。

降低产业成本和风险。联群众，解脱贫之困。采取"龙头企业＋基地＋党支部＋合作社＋农户"的模式，走"标准化种植、规范化管理、品牌化营销"的现代产业发展之路。松杉、碧海两村645户建档立卡贫困户和800户跨县易地扶贫搬迁群众，全部与合作社捆绑，入股分红，有效联结贫困群众。联金融，解资金之忧。建立"政、银、农"良性互动机制，鼓励政策性农业投资公司、融资担保公司、贫困农户发展生产资金互助协会等为贫困群众担保贷款，政府设立产业担保、产业贷款贴息、产业风险补偿等专项资金给予贷款偿还风险保障，解决了发展的资金困扰。联市场，解销路之忧。通过实施"四个一"工程以品牌撬动市场，打造"线上线下齐发力，东西南北同推进"的销售格局，解决马铃薯产品难卖的问题：在最好的季节，统一个上市日期，实现上市时间统一；在最佳的场合，举行一场新闻发表会，实现销售信息发布统一；在最优的地点，开展一系列推介活

▲ 农户种植的"西魁马铃薯"

动，实现传统销售渠道的拓展；在最强的媒介，打造一个电商平台，实现线上线下销售无缝衔接。目前，"西魁马铃薯"已走出国门，远销新加坡、马来西亚、泰国等国家，2018年出口50余吨。

谱写现代产业新篇章。培育现代基地，增发展后劲。根据地形地势沿等高线打破原有地界进行坡改梯整治，梯埂牢固，坎面整齐，彻底打破过去的老格局，构建起整齐划一、阡陌纵横的新局面。培育龙头企业，促产销一体。引进江厦吉之汇等5家龙头企业，组建西魁等6家农民专业合作社，对15000亩适宜种植核心区域进行土地流转，利用市场和技术优势，实行无偿技术服务及"订单式"购买，实现产销一体化。鼓励和引导群众以小额信贷资金、产业扶贫资金、土地、劳动力等量化入股参与龙头企业、专业合作社经营。培育新型业态，拓增收渠道。通过"农旅结合、平台助推、带资入股、返包管理、产业融合"模式，群众的土地流转收益，由原来150元/亩增至300元/亩。松杉、碧海2个村集体经济收入达5万元以上，同时建档立卡贫困户以资金、技能等方式贷款5万元入股，按照每亩纯收入的20%进行分红，每户每年分红7500元左右，解决800户跨县易地扶贫搬迁群众产业发展难题。特别是松杉、碧海2村645户2712人建档立卡贫困群众，以土地、产业扶持资金、小额贷款入股公司或合作社，每年每户收益8000元以上，产业马铃薯成为破解高寒冷凉地区贫困群众增收致富的"金钥匙"。

深挖自身潜力推进产业扶贫工作

脱贫攻坚启动前的大关县悦乐镇大坪村，贫困发生率高达49.9%。全村辖25个村民小组共计872户3644人，有苗族、彝族等少数民族，有建档立卡贫困户 409 户 1818 人。这里山高坡陡，基础设施薄弱，农户主要以种植玉米、水稻、薯类、大蒜等为主要产业，有劳动力的年轻人大都选择外出务工，剩下老人、小孩在家靠天吃饭，晴通雨堵、人背马驮，农户为生计奔波，人居环境脏、乱、差是当时大坪村的真实写照。

牢固树立"产业兴、农民富"扶贫观念，大力推进"一村一特"产业发展理念，瞄准"大力发展产业、促进增收脱贫"这一总目标，以"大干产业、干大产业"的决心和行动，整合投入产业发展资金，大坪村各类经济作物累计新种植 6159.36 亩。其中，新种竹 5000 亩、茶 670 亩、大蒜 212.12 亩、魔芋 27.24 亩、洋芋 250 亩；发展养殖生猪 822 头、牛 58 头、鸡 15902 只。截至目前，大坪村建档立卡贫困户 412 户 1889 人已 100% 实现"贫困户 + 合作社"和"合作社 + 集体经济"两个捆绑发展，持续带动贫困户增收。

通过历年来的减贫措施，大坪村脱贫 396 户 1824 人，贫困发生率降至 1.94%。没有比人更高的山，没有比脚更长的路。大坪村一定能翻过"贫"山、越过"穷"岭，在 2020 年同全国人民一道步入小康社会。

17 医治因病致贫返贫的良方妙药

"真没想到，俺家儿子难治的大病就在跟前的中医馆给治好了，消除了全家人的痛苦，而且几乎没有花钱，这样的特色中医馆办得真好，造福咱老百姓健康！"说起健康扶贫，山西省吕梁市临县白文村的李文慧一家感激涕零！2017年初春，年仅15岁的李文慧，头部受伤后，生活无法自理、言语不清、智力受损、肢肌力二级，在外治疗花费近15万元，已家徒四壁。白文村卫生院中医馆开馆后，抱着试一试的心态来做康复理疗，经过半个月的针灸按摩理疗康复，收到意想不到的效果。如今，李文慧能自行活动，肌力恢复正常，语言表达清楚，智力恢复，正常入学。这期间医院总花费1391.8元，新农合报销1142元，自付249元医院全部免除。

没有全民健康，就没有全面小康。健康扶贫是医治因病致贫返贫的良方妙药。健康扶贫工程实施以来，临县围绕看得起病、看得好病、看得上病、不得病的总体要求，把增强贫困群众获得感、满意度贯穿工作始终，以"八大行动"为保障，坚持"八个结合"，做到"四个强化"，开展"五大创新"，落实"十项"惠民便民举措，走出一条具有临县特色的健康扶贫新路子。据统计，全县因病致贫返贫人口由2016年

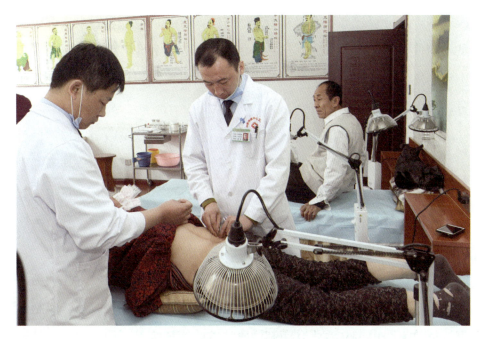

▲　临县林家坪卫生院中医特色馆

的 12939 户 25620 人减至 2019 年 11 月底的 2484 户 4686 人，减少率 80.8％。2016 年至 2019 年县财政不断加大支持力度，共统筹整合健康扶贫资金 4302 万元，为全县农村贫困人口实现稳定脱贫提供了健康保障。2018 年 10 月，临县受到国家卫健委和国务院扶贫办的通报表扬，被评为"全国健康扶贫示范县"。

成立健康扶贫专项工作领导小组，组建健康扶贫技术指导中心，协调推进健康扶贫工作

在政策衔接上，联合推行政策保障、"一站式"报销结算等制度。在精准识别上，实行分级负责，对因患重大疾病或长期慢性疾病，全面

摸底调查，分级建立台账。在管理服务上，实行协调联动，设立健康扶贫专职代办员 788 人，为本村县外住院贫困患者和"双签约"服务对象、中年老体弱、行动不便、智障等人员代报代办医保报销、民政救助等业务，最大限度方便贫困群众。

为提高群众对健康扶贫政策知晓率，打通健康扶贫政策宣传"最后一公里"，利用多种形式开展健康扶贫政策宣传。先后举办全县干部专题培训班 2 期、业务培训班 5 期、代办代报员培训班 1 期。组建 23 支健康扶贫政策宣传队，进村入户、面对面宣讲健康扶贫政策。县乡医疗机构全部开通贫困人口就诊绿色通道，开辟健康扶贫咨询窗口 28 个，设置健康扶贫政策宣传栏，大厅显示屏循环播放健康扶贫政策。利用媒体、海报、标语以及群众喜闻乐见的方式，宣传健康扶贫政策，印制健康扶贫政策明白卡 9 万张，印制健康扶贫政策解读 6 万册，健康扶贫培训资料 3000 册，为 447 个贫困村制作健康扶贫政策宣传专栏，为 631 个行政村制作健康扶贫政策宣传 U 盘，利用村广播每天播放，让健康扶贫政策家喻户晓、深入人心。

把握基本医疗卫生事业的公益性，转变卫生与健康发展方式，全面提升人民健康水平

开展"五送一便利"活动。为解决留守老人贫困患者缺医少药的困境，开展"五送一便利"活动，即送义诊到户、送常用药到户、送健康扶贫政策到户、送健康体检到户、送健康处方和口袋书到户，为贫困户提供基本公共卫生服务便利。以家庭医生签约服务为抓手，开展定期随访、基本公共卫生服务、疾病诊疗及转诊康复指导和健康知识宣传等服

▲ 临县中医院组织开展下乡义诊活动

务，共义诊 8546 人次、送常用药 5900 盒、宣讲政策 40219 人次、健康体检 39113 人次，送健康处方 10 万份、口袋书 28 万册。

建设中医特色理疗馆。针对全县腰腿疼、关节炎、肩周炎、脊柱病患者占总患病人数 25% 的现状，2015 年 8 月以来共建成 21 个乡镇卫生院中医特色理疗馆，开设中医针灸、理疗、熏蒸等项目，配备相关诊疗设备。全县中医馆投入运行以来，服务群众 3.56 万余人次。

开展下乡义诊巡诊村村行。多次协调省级医院和县级医院等对口支援单位，到乡村开展义诊巡诊活动。先后到 350 个村开展义诊巡诊活动，服务群众 21600 余人次，赠送价值近 50 万元的药品，让老百姓在家门口享受到优质医疗服务。

开展全民预防性健康体检活动。确立全民预防性健康体检全覆盖的思路，各乡镇卫生院成立预防体检小分队，携带便携式体检仪器逐村入户进行体检。累计投入资金 400 余万元，为 39 万余人次进行预防性健康体检。

全力打造"健康家园"，健康之树扎根临州大地上，为老百姓结出幸福的果实

"三保险三救助"。截至 2019 年 11 月底，建档立卡贫困人口累计报销 54189 人次，医疗总费用 3.73 亿元，报销总金额 3.14 亿元，报销比例达 91.6%。2016 年以来，县财政共为贫困人口缴纳基本医疗保险基金 10228 万元。

"三个一批"。2016 年以来，在全县贫困人口中逐乡逐村逐户进行摸底排查，分乡镇、分病种建立台账，按照治愈一批、管理一批、重病兜底一批的原则，实行有进有出的动态管理。累计核准建档立卡患者 38953 户 50661 人，已救治 50660 人。完善大病专项救治方案，对新增的大病患者，按照"四定两加强"原则开展救治，由县人民医院定点专项救治，结合省人民医院帮扶专家成立医疗救治专家小组，建立疑难重症病例会诊、远程会诊、转诊、巡诊机制，实施转诊备案管理。县人民医院、县中医院确定为慢性病审核鉴定医院，每周五对慢性病患者进行审核鉴定，共鉴定慢性病患者 2.16 万人。为 1.3 万名慢性病贫困患者，赠送"慢病服务小药箱"。

家庭医生签约。建立以县医院医生为组长的家庭医生服务团队 486 个，累计与 345263 人签订家庭医生服务协议。家庭医生签约率达到

61.5%，其中建档立卡贫困人口做到应签尽签，重点人群签约率达到87%。累计开展基本医疗服务151.3万人次，基本公共卫生服务145.2万人次。制定《家庭医生签约服务考核办法》，明确家庭医生工作内容及质量标准，考核管理指标从"签约数量"向"服务质量"转变。

健康扶贫"双签约"。全县应签20343户40858人，因病致贫返贫群众、非因病致贫返贫群众中患有大病、36+7种慢病、重病患者，2019年全部重新签约并按规定如期履约服务。共开展健康扶贫政策宣传1893场次，提供服务26664人次，上门随访39085人次，免费健康体检19516人次。

"先诊疗后付费"一站式结算。开通县域内一站式结算的基础上，2019年在县政务大厅开设"县域外一站式结算窗口"。投资8万元完成县域外一站式结算服务系统升级建设任务，对从事系统工作人员进行集中培训。与吕梁市县域外一站式结算系统进行对接，目前已进入系统试运营阶段。公共卫生服务方面，2017年以来，共为三级以上重度精神患者5383人，落实监护人以奖代补64.6万元。开展地方病、艾滋病、精神病及传染病防治工作，进行职业病监测，环境卫生监测和水质监测。2016年以来，共为儿童筛查"两病"9812例，听力筛查3792例。发放儿童"营养包"329215盒，"两癌"筛查157254例，产前筛查9985人，0—6岁儿童残疾筛查121例，孕前优生健康检查9196对。

提高基本医疗服务能力。投资600余万元，为乡镇卫生院配备X光机、洗胃机等必要设施设备。投资5000余万元，对县级医院和基层卫生院进行新建、改扩建、信息化建设和大型设备购置，有效提升县乡医疗机构的服务能力。2017年以来，共为县乡医疗机构招聘135名医技人员，乡招村用5名。2016年以来，共招聘充实117名乡村医生，

有效解决了全县因村医达龄、辞职、解聘导致的"空白村"无合格乡村医生问题，优化了乡村医生队伍结构。

加强村卫生室标准化建设。对314个贫困村卫生室和133个非贫困村卫生室进行标准化建设，全县610个村卫生室全部实现标准化。按照村卫生室设施设备配备标准和要求，投资600余万元，对610个村卫生室配备听诊器、血压计、体温计等常用诊疗设备，配备50种以上的基本药物，配置石墨烯暖墙等环保取暖设施设备。

加强乡村医生队伍建设。每年组织全县乡村医生，进行专项技能短期培训。利用乡（镇）卫生院每月一次的乡村医生例会进行培训，采取义诊巡诊、对口支援等多种方式，提升全县乡村医生整体服务能力和水平。各乡（镇）卫生院会同各支部村委与所辖乡村医生全部签订《在岗履职目标管理责任书》，细化实化乡村医生考核管理办法。对全县乡村医生在岗履职和村卫生室运行情况进行督查，对长期不履职、不在岗、不服从管理、群众举报反馈经查实的34名村医予以解聘。落实每村卫生室运行经费2000元/年，兑现在岗村医700元/月岗位津贴补助，加大村医公共卫生服务绩效考核奖励力度，开通"村医通"门诊信息结算系统，大大提高了村医热心服务群众的积极性和创造性。

18 青背村黑木耳的分红会

"木耳还不够干，再晒两天……"这是在青背村黑木耳园区里经常听到的一句话。可正是这句听似不经意的话，表达了村民们内心深处那份实实在在的淳朴；正是这份朴实让青背村的黑木耳走向全国各地，让青背村走上脱贫致富路。

环境得天独厚，脱贫出路难寻

吉林省蛟河市漂河镇青背村是省级贫困村，全村 337 户、1548 口人，贫困户 18 户、50 人，没有路灯，没有柏油路……人们背着篓在山里走，蹚着河却要计算着日子怎么过……曾经，这是青背村村民生活的真实写照。

这里山高水长，一条青背河带着涓涓细水汇入亘古长流的松花江，非常适合发展木耳产业。2016 年，吉林市环境保护局联合吉林工业职业技术学院投资 25 万元建起青背木耳种植园区，由村委会选派村干部任木耳园区副主任，负责项目管理。青背村的木耳产业似乎迎来转机，让村民们重新燃起希望。遗憾的是，由于缺乏管理及木耳种植和销售经

验，当年不仅未增收，反倒亏损 6 万元，这让村班子、贫困户以及包保部门发展扶贫产业的信心和热情均受到沉重打击。

年轻书记获信任，新模式扭亏为盈

2017 年，吉林市生态环境局的曾丽圆被派驻到青背村任第一书记，村民们并没有把这个小姑娘当回事儿。"一个小丫头片子，她能干点啥"，这是村民范学仁对曾丽圆的第一印象。然而，当他说"有困难，就缺钱"的时候，这个年轻的书记却记在心上。没过多久，曾丽圆就为范学仁送来小鸡、小鹅，并叮嘱："好好养大，别养死了，到时候卖了钱，都算你的"。从那以后，范学仁便开始信任这个小姑娘，"曾书记让我干啥，我干啥"。

村民们是最朴实、最单纯的，些许温暖，些许帮助，就能让他们把你当成"自己人"，这更让曾丽圆坚定了信念。村民们不是不想致富，而是找不到致富的门路，他们一直在勤勤恳恳、踏踏实实的努力，却怎么也看不到生活的起色，这或许是大多数贫困户面临的困境。

守着青山和绿水，青背村发展木耳产业为什么会失败？通过学习木耳培育知识、走访邻村木耳种植大户，曾丽圆找到了原因所在：村干部缺乏种植技术和管理经验，产量上不去，销售渠道不畅，木耳卖不动。在村委、村民的大力支持下，她重新打造木耳种植园，设计"集体＋种植大户"的合作经营模式，制定标准化生产流程，由村里的致富带头人、农民党员参股并负责日常管理，村里负责技术指导和产品营销，狠抓质量，打造品牌。木耳种植采用 98 米深井水浇灌，全过程零添加，杜绝打药、熏蒸、染色等不良违规操作，村民们的朴实、认真、责任，使木耳质量达到国家标准。

2017 年，青背村的木耳种植基地产出优质秋耳 5400 斤，比 2016 年整整翻了三倍多，实现销售额约 30 万元，净收入 8.5 万元。在青背村举办扶贫造血工程——木耳园区年度分红会上，村民们领到了属于自己的分红，脸上纷纷露出灿烂的笑容。

创新销售渠道，重燃生活希望

为进一步提升销售，拓宽销售渠道，青背村积极探索微信销售模式。针对木耳绿色种植、形圆肉厚，入口嚼劲儿十足等品质特点制作宣传图文，通过环保局 100 多名干部职工及技术学院 5000 余名师生的微信朋友圈大量转发，吸引了大批消费者购买。与中国邮政合作，实现网络销售，木耳远销北京、上海、山东等城市，跨越长江黄河，成为人们的美味佳

▲ 青背村的木耳种植基地

▲　种植基地的优质秋耳

肴。通过微信和网络销售，5240斤木耳几个月全部销售一空，不仅村集体实现创收，而且合作方实现8万元的营利，还带动村民采摘、包装木耳收入3.4万元，贫困户每户增收1000元。到2018年底，青背村集体经济收入达到30多万元，贫困户每户均收入3500元。

71岁的贫困户周德英大娘，2009年为给老伴治病，欠下15万元外债，逢年过节就有人上门讨债。儿媳患有严重癫痫，孙子也疑似癫痫，原本朴实勤劳的儿子杨庆举不堪重负，精神濒临崩溃。2018年，靠着项目分红和杨庆举打工以及发展庭院经济，家庭人均年收入达到3800余元，所欠外债还上了一大半。这样的收获，使周大娘一家对生活重新燃起希望。

观念变天地宽，诚信收获好评

网络销售模式逐渐步入正轨，村民们多了一个销售农产品的渠道，也纷纷开始转变观念，主动思考，希望将这个渠道利用起来为自己增收。自家采摘的蘑菇、散养的小笨鸡等，纷纷出现在朋友圈里。可喜的是，这些纯天然、高品质的农产品与黑木耳一样受到客户好评。

这其中，让人印象最深刻的还得数村民范学仁。他上山采了一些榛蘑，七八斤的样子，看到曾书记通过微信把木耳卖得这么好，就想着用这种方式把榛蘑卖出去。

据范学仁回忆，那是一个周三，他在曾书记入户到他家时说："哎，曾书记，你用微信把咱村木耳卖那么好，我这有点蘑菇，纯大山上的野生榛蘑，你给看看能通过微信卖了不？"曾书记打趣道："你想卖多少钱？"他说："前两天，他们给我35元一斤，我没舍得卖，你要能给卖到40元一斤，那我就老幸福了！"曾书记想到之前有客户跟她打听过榛蘑，考虑到榛蘑的稀缺性以及采摘耗费的时长和体力，便对他说："我帮你卖到70元一斤，但是你得包邮，怎么样？"范学仁既兴奋又爽快地答应了！趁着他的乐呵劲儿，曾书记拍了几张他手捧榛蘑，面带笑容的照片，配图和文字发到朋友圈里。让范学仁惊喜的是，4分钟左右，榛蘑就被抢没了。当他得知购买榛蘑的客户来自广州、长春等地时，范学仁第一反应是邮递路途遥远，蘑菇如果晒得不够干，会被捂坏。于是，他主动说："曾书记，我这蘑菇晒得不够干，你要是发那么远的地方，今天先别发了，趁着今天天气好，正好你们给我扣的暖棚温度高，我再晒晒，等明天晒干了再发货，你看行不？"

这一举动，让客户很是感动。大家都知道，经过晒干、水分蒸发后，榛蘑的总体重量会缩水，这就意味着范学仁的收入会减少。这无疑是以最淳朴的内心，保障着产品的品质。

几天后，东莞的客户收到榛蘑后发来信息，短短几个字："收到。很香、很好、很干。谢谢！"

范学仁说："晒干后咋说也得少一斤上下吧，但是不用惦记在邮道儿上蘑菇发潮捂坏了，这钱挣得才踏实！"

市场的认可，来源于品质的保障，但这份高品质倚仗的是，像范学仁这样的朴实与诚信。这份淳朴的初心"毫无杂质"，这样青背村的"消费扶贫路"才能"行稳致远"。

2018年，青背村已实现整村脱贫"摘帽"。通过黑木耳的分红会等，村集体和贫困户有了稳定的收入来源。如今的青背村，木耳产业发展如火如荼，村容村貌明显改观，道路通畅，村民文化生活丰富多彩。

"今后的生活一定会越来越好"！这是时下村民们最常说的一句话，脸上的笑容淳朴而灿烂……

19 "互联网+"助力脱贫攻坚

彭阳县地处"苦瘠甲天下"的宁夏回族自治区西海固地区,是革命老区、民族地区、集中连片的特殊困难地区。现辖4镇8乡6个居民委员会156个行政村,户籍总人口25.03万人。全县水资源总量为8920万立方米,人均水资源量仅为356立方米,资源性和工程性缺水是制约全县经济社会发展的主要瓶颈。自1983年建县以来,历届县委、县政府先后组织实施生命工程、农村饮水解困工程、饮水安全工程,农村供水工程基本实现全覆盖。但受地理条件等因素的影响,供水管线布置复杂,加之建设标准低等原因,跑冒滴漏、事故频发、成本过高、收费困难等运行问题十分突出,时供时断、有管无水、水质不稳、水价不一等服务问题普遍存在。打响脱贫攻坚战后,仅仅几年时间,2019年4月27日经区党委、政府批准,彭阳县正式退出贫困县序列。

30多年来的农村群众饮水难题,为何能得到历史性解决,并有力促进畜牧养殖和庭院经济等富民产业快速发展?

坚持运用互联网思维,采取信息化手段,推进均等化服务,探索出

一条"互联网＋人饮"建设管理新路径，取得"通上水、管好水、水好用、方便用"的显著效果，实现由担水驮水到手机买水的历史变革。目前，在全县形成以"宁夏中南部城乡饮水——彭阳县北部、中部、南部连通工程"为骨架，覆盖全县城乡的供水管网体系，全县农村饮水安全覆盖率、水质达标率均达到100%、自来水入户率达99.8%（建档立卡贫困户100%）、供水保证率达96%。

创新资金投入机制，破解资金难题。坚持把解决农村饮水安全作为重大民生工程和打赢脱贫攻坚战的重点难点，坚决破除"等靠要"思想。组建成立县水务投融资平台，通过争取政策性贷款0.67亿元、中央预算内资金0.11亿元，统筹整合财政涉农资金1.7亿元、地方债券0.37亿元等多种渠道，积极筹措资金3.1亿元，保障农村饮水安全工程建设，全面补齐水利基础设施建设短板，切实解决全县19万农村群众安全饮水"最后一百米"难题。

优化建设管理机制，提升建管水平。采用设计、施工、运维总承包模式，通过公开招投标，评选长江勘测规划设计研究有限责任公司承担农村饮水安全巩固提升工程三年建设、十二年运维服务，实现工程从设计、施工到运维的无缝衔接和有机融合，切实提升工程建设管理水平。坚持工程标准化建设，推广应用PPR入户管材、光电远传直读水表等新材料、新技术，引进自动化监测设备，配套实施联户表井和管网监测智能化改造，为工程信息化管理奠定基础。创新应用智能信息化管理，投入1000余万元，打造"互联网＋人饮"信息化管理系统，建成智能门户网站、"人饮一张图"、移动APP"三大入口"，研发自动化监控、工程管理、水费管理、物资管理、用水节水管理"五大应用"，实现从水源到水龙头全链条全区域自动运行、精准管理，工作人员在电脑

▲ 罗洼乡罗洼村后山组的罗山 3 万立方米蓄水池

前或手机上就可以随时随地远程监控、调度以及控制事故。管理工作人员由 90 人减少到 40 人，管网漏失率由 35% 降到 12%，年节约水量 30 万立方米，相当于全县农村生活用水总量的 13%，实现了节水、降本、增效。

强化运营保障机制，确保高效运行。创新"EPC+O"运维模式，政府和企业共同出资 1000 万元，组建成立县城乡供水管理有限公司，协同负责全县供水工程运行管理，实现全县安全饮水工程专业化管理、高效化运行。县财政预算每年安排 200 万元用于供水工程维修养护补贴。聘请 6 名专业技术人员，采取常规检测、联合抽检和在线自动监测等方式，实时监测水质，确保农村饮水安全。

完善供水服务机制，提高服务质量。深化城乡供水一体化改革，将城乡供水职能划归县水务局统一管理。通过实施宁夏中南部饮水工程，将本地水源全部替换，提高供水效率，降低供水成本，在 2017 年政府对水源成本价补贴 1.75 元／米^{3}的基础上，将原城市 2.3 元／米^3、农村 4.3 元／米^{3}水价统一调整为 2.6 元／米^3，让农村群众享受到城乡均等化基本公共服务，真正实现全县城乡供水"同源、同质、同网、同价"。开

通"彭阳智慧人饮"微信公众号，群众通过手机微信即可扫码缴费、查看用水信息、申请停用水，改变以往管理部门下井抄表、上门收费的传统模式，有效解决水费收缴难题，全县水费收缴率由过去的60％提高到99％，群众安全饮水满意度达98％，形成了"供水有保障、服务跟得上、水费收得回"的农村人饮监管新格局。

彭阳县在解决农村群众饮水难问题上有哪些好经验，可以向全国一些饮水难、用水难地区推广？

改革创新是解决农村饮水问题的核心驱动。惠于水利厅的先行试

▲ 王洼镇崖堡村大寨组的王洼水厂

点、彭阳县政府勇于创新,在农村饮水巩固提升方面,创建融资平台,解决资金问题;转变政府职能,厘清建管责任;推行总承包,确保工程质量;推进水价改革,实现城乡供水服务均等化;成立合资公司,承担运行管理;购买社会服务,保障工程长期运行。各项创新促使全县顺利、高效地解决农村饮水问题,形成群众满意的良好局面。无论缺少哪一环节,都会使农村饮水建管服效果大打折扣。

信息技术是解决农村饮水问题的重要手段。彭阳人饮工程按照智慧水利框架和布局,充分利用云计算、物联网、大数据、智能化、移动互联网等先进的"互联网+"新技术,建设从水源到龙头的全过程自动化监控体系。对农村饮水工程运行进行全程实时监控管理,实现泵站等人饮工程的无人值守、远程控制和自动运行,解决人饮供水中测控不准、跑冒滴漏、运维响应慢、水费收缴难等问题,节省人力,降低成本,管理高效,有效提高了供水安全性和保证率。

群众满意是解决农村饮水问题的最终目标。通过彭阳农村饮水巩固提升工程建设,使全县农村人口与县城居民一样喝上了"同源、同质、同网、同价"的自来水。同时,随着智能水表进村入户,大山深处的贫困农户可通过手机微信扫码缴费、查看用水信息,喝上放心水,缴纳明白钱。彭阳人饮工程提供了城乡饮水均等化服务,方便了群众吃水用水买水,提高了人民的幸福感和生活水平,为打赢脱贫攻坚战、实施乡村振兴战略提供了坚强有力的水安全保障。

20 攻坚战场上的成茶"工序"

一冲、一泡、一饮、一啄。茶叶便在这极短过程中升华到极致。从极短到极致，就茶而言周期短暂，但就人而言，就是一辈子。

杀青就是"要命"

毛坝镇，位于湖北省利川市境内，属地土地肥沃但多云寡照，境内气候温和却沟壑纵横。

五二村距离毛坝集镇不远，既享"肥"有"温"又逃不过"但"与"却"，2014 年建档立卡 66 户 213 人。贫穷扎在沟壑中，在"肥"和"温"中疯狂抽取营养，肆意在沟壑里纵横。

57 岁的朱祥合，30 多年前住在五二村。作为 1978 届的高中生，终究抵抗不过"吃"的需求。毕业后返回家中，眼前是破瓦、木房，床上铺的是稻草，开始的是田地里刨食。

即便再勤扒苦做，果腹的还是洋芋、红苕。所幸，至少这些可以果腹。

但是，茶叶来"要命"了。

1984 年，毛坝成区，迎来第一任区委书记黄仕永。区委针对毛坝土肥、温和、多云、寡照、沟壑，选定茶产业，规避水稻种植中湿度大、常年雾气弥漫的稻瘟侵害，规避少云、寡照造成的玉米产量不高窘境，也迎来一场空前的造园运动：抽槽换土，积压青肥，调拨茶种，分发化肥，茶园"占地运动"开始。

1988 年，朱祥合结婚生子，女儿朱小华呱呱坠地。家里加口添丁，日子愈发苦熬。

毛坝的粮管所区别于其他地区的粮管所，别地粮管所负责收，毛坝的粮管所负责出，归根到底就是土里不出粮，要救济。在这样的大背景下，1991 年第三任区委书记陈朝安提出：让茶叶下水田！

一石激起千层浪！毛坝的老百姓炸了锅，饿肚子饿怕了的朱祥合也炸锅了："茶叶下水田，种粮食都没饭吃，把好田好土拿来种茶，吃什么？吃什么？"

茶叶不下水田，朱家还有"四担米"可以吃：苗子担上去栽，谷子担回家晒，晒干担村里面打，打完担回家吃，"四担米"走四十里路才算喂到嘴。茶叶下水田后，"四担米"没有吃的了。作为高中毕业生，朱祥合也深深知道，"四担米"吃不饱，猪更不敢喂，猪跟人抢粮食。

茶叶摘下来要杀青，高温破坏和钝化茶叶中的氧化酶活性，散发嫩叶青臭味。毛坝的茶叶产业杀青，就是向沟壑、云雾要效益，打破根深蒂固的穷苦限制。朱祥合的茶叶杀青，既是被动又夹杂一丝不甘，饿怕了，穷怕了，就该饿？就该穷？

朱祥合甩了"四担米"，让茶叶要了自己的命——种茶。

▲ 朱祥合家的茶园子

揉捻就是"搏命"

"喝你一口茶呀,哪来这多话……"利川民歌《六口茶》展示土苗儿女敢爱敢恨,热情奔放。

刚刚种茶的朱祥合唱不出《六口茶》,摆在他面前的是"六蔸茶"。"六蔸茶"?通俗地讲就是茶苗"左一蔸,右一蔸,前一蔸,后一蔸,上一蔸,下一蔸"。茶苗种植不成规模,茶叶品种老化落后,种茶技术懵懵懂懂,更别提做茶制茶,至于品茶——那是什么玩意?

茶叶下水田,干部和农民开始"干仗":干部白天挖开田坎放水,农民晚上筑起田坎灌水;干部从湖南大墉(今张家界)运回茶苗到家到户鼓励种茶,农民将茶苗晒干入灶引火做饭;干部送肥料鼓励种茶,农民施肥苞谷地、洋芋土,反正是免费,管它什么肥。

你揉我捻，你拉我扯，"干仗"到 2003 年。

朱祥合决定了的，就是定了的。你们"干仗"，我反正是和茶叶铆上了。

从一根铁钎插到底学起：深挖田土，掩埋菜枯（菜籽饼）、猪牛粪，加肥覆土回盖，一铁钎插得到底，才算合格。

六蔸茶变成条植茶，条植茶变成密植茶，密植茶变成无性系良种茶，1991 年开始种茶的朱祥合用 20 年打磨自己的三亩茶园。

20 年的时间，毛坝区在 1996 年变毛坝乡，同时带来变化的还有许多：办精制茶厂，引入小机械，茶树下水田，引进世行项目，建设苗圃基地，着力企业改制，引入民营资本，着手品种改良。

20 年的时间，朱祥合的茶叶拉扯大了姑娘，"四担米"四十里路吃不饱到"一担米"几里路买回家吃，填饱全家人的肚子。市场经济把决策权还给老百姓后，引领和相信变得尤为重要。

朱祥合的房子从五二村搬到牛场，距离村委更近，距离集镇更近。但不变的是木屋、瓦顶，和以前的房屋相比，缝隙小了，仍漏风；瓦顶密了，仍漏雨。

发展的进程中，吃饱很好，住得差点，漏点小雨都不是事。

把经过杀青变软的鲜叶，用手工或机器揉成条形、针形、颗粒、片等要求的形状就叫揉捻。毛坝乡的揉捻就是把茶基地揉成块，茶产业揉成型，带着老百姓找茶夺饭吃。朱祥合的揉捻就是把茶揉成米，揉成衣，揉成瓦。

认定茶叶的朱祥合搏了命，吃上饭。

烘干就是"削骨"

常年劳作，朱祥合和老伴彭银凤慢病缠身，所幸无大病无大灾，生

活重心仍旧维持在吃。对标"两不愁三保障"，2013年底，朱祥合一家被纳入建档立卡贫困户。

丢了人，是贫困户，就好像是脊背上挨了一锄头，断了骨头，直不起腰。

老朱抽烟，裤脚捞起，露出大腿，口袋掏出胶袋子，层层叠叠地拨开，挑选出一片叶子烟，小心地卷起一边，放大腿上不断揉搓，裹实后叼嘴里，打火拼命地吧嗒，脸颊深陷才能抽出烟气。

以前抽烟是解乏，茶园里盯一天，感觉过瘾。当上贫困户后，抽烟是解闷，茶园里盯一天，感觉无可奈何。烟还是那个烟，即便熏黑了牙齿，品咂出的味道却不是以前的味道。

所幸，老朱纳入建档立卡贫困户。

毛坝乡持续跟进的茶产业引导，老朱一家茶产业精准激活。

茶叶厚植，毛坝建成全省最大的红茶出口基地和地方良种茶生产基地；"企业＋合作社＋基地＋农户"——建成的利益链接，推动企业扶贫；整合的重点贫困村产业发展奖补资金，直接落户贫困户；培训、指导、现场会纷至沓来，免费苗木、肥料进到农户家……

和毛坝茶叶息息相关的还有企业。2009年，飞强茶叶科研团队从10多个品种中，重点研究"冷后浑"。2013年，"星斗山"牌"天赐冷后浑"利川红荣获第十届"中茶杯"特等奖，探索的"12854"产业扶贫模式，即"利川红"1个品牌、组建2个茶叶专业合作社、参与8个贫困村的产业扶贫、精准帮扶建档立卡贫困户500户、每户落实4条具体帮扶措施，让普通茶亩产值提高到5000多元，"冷后浑"茶园亩产值超过15000元，最高的达20000元。

朱祥合砍了老茶树，扩大种植面积："冷后浑"更新一亩，白茶两亩，普通茶两亩，通风巷、有机肥、修枝、追肥……

茶叶烘干，就是去除茶叶水分。老朱而言，烘干，就是削骨，脊梁打断，那就削尖，插进茶园，让它长直。

提香就是"塑魂"

茶叶在高温环境下翻炒，使茶叶中香味物质在较高的温度条件下挥发出来，让加工好的茶叶具有浓郁的香味，就是提香。

厚积薄发，老朱"香"了。从学到精，老朱变成朱师傅；茶园管理、制茶做茶都是一把好手，老朱成了技术员。

利川柏杨坝镇、忠路镇、沙溪乡等乡镇都慢慢地知道了毛坝五二村有个朱师傅。咸丰县马河村的茶厂最后一道工序提香不到位，茶叶香味寡淡，专程请朱祥合赴咸丰县指导提香技术。质量、品种、干湿是提香的前提，眼力、颜色、感觉是提香的关键，一个月下来，提香解决。

2019 年，朱祥合精耕细作的一亩"冷后浑"茶园，纯收入 2 万元；2 亩白茶，纯收入 1.5 万元；2 亩普通茶叶纯收入 5000 元。朱祥合的茶叶技术不包月，只论天，200 元一天的制茶费，2019 年收入 2 万多。女儿朱小华学采

▲ 朱祥合在自家茶园劳作

茶、泡茶，2019年春茶冒尖时节，采茶卖茶每天800元，女婿外出务工，年收入8万元。房子，早不在牛场，五二新村二楼一套新房窗明几净，脱贫早已实现。

从1984年开始，通过30余年，利川市茶叶面积稳定24.5万亩，其中绿色食品原料基地达到20万亩，涉及全市10个乡镇141个专业村，全市涉及茶农8.1万户20余万农民，直接联结贫困户7024户，发展茶叶1.38万亩，间接联结数万贫困群众脱贫致富。老朱一家经历毛坝区、毛坝乡、毛坝镇，成为20万余茶农之一。

茶叶种植30余年，老朱历经毛坝10任书记种茶，毛坝镇成为湖北省茶叶第一镇。"冷后浑""黄金叶""毛坝早""梅赞""金萱"在农户耕耘下进万户。毛坝镇2012年获评"中国名茶之乡"，2013年被授予"国家生态乡镇"称号，2014年被原农业部列入"全国一村一品示范村镇"。种种荣誉都离老朱很远，但又好像都是老朱挣来的。

市价几千块的"冷后浑"泡在老朱专属玻璃杯中，浮沉中析出清亮，飘出芬芳。这是朱祥合自己的私藏。品茶——劳作之后的新功课，老朱愈发纯熟。

富裕来源于持续，久久为功。而持续，不是苦熬；茶产业，要熬，不苦，正香。

21 科技让石榴插上扶贫翅膀

"大家好！非常荣幸参加全国科技助力精准扶贫工作交流会。下面，我简要介绍一下武店村科技助力精准扶贫和推动振兴乡村的探索与实践……"在 2019 年 11 月的会议上，武店村作为全国"十佳"科技助力精准扶贫示范点，受到表彰。

近日，央视《焦点访谈》栏目为制作 2020 年元旦期间脱贫攻坚特别报道节目，来到武店村进行现场采访，摄制组导播开门见山问道：你们这个科技助力精准扶贫示范点，哪个方面最典型、最有代表性？村里的干部群众不假思索回答：那还得数咱们的软籽石榴基地啊！

缘起

武店村距南水北调中线工程渠首约一公里，全村共有 696 户 2844 人，原有建档立卡贫困户 70 户 242 人。2016 年底退出贫困村行列，现为省定的乡村振兴试点村。

这个村位于南水北调核心水源区，所以"有山不能牧、有水不能渔"。虽然全村已脱贫，但仍面临着发展产业、稳定脱贫的压力和瓶颈

制约。村"两委"一班人和驻村干部反复商议，下决心走绿色发展之路，做强软籽石榴种植这一生态产业。

谈到如何选中软籽石榴这个产业时，村支书沙聚富说，当时，我们也不知道发展什么产业好。但附近的张河村发展几百亩软籽石榴，听说是从突尼斯引进的新品种，不仅品质好，而且市场前景也行。渠首一带山好、水好、生态好，在这里种出的软籽石榴一定能闯出市场品牌！

于是，村"两委"班子商议，就是它了！到张河村一打听，原来人家是"公司＋村合作社＋农户"的模式，主要靠河南仁和康源公司带动脱贫致富。2017 年深秋，比葫芦画瓢，武店村的软籽石榴产业起步了。当年，流转土地 1800 亩。放眼望去，整片整片的石榴秧苗，给全村人带来太多的期许和希望……

智慧果园

种石榴说起来一句话，可干起来一堆事。武店村创新科技思维，建设智慧果园，发展高效生态产业。

"瞧！这科技大篷车里啥知识都装得有，可真是个百宝箱啊"，村民邹山瑞在科技下乡活动现场不由得发出感慨。该村承接"百千万科普工程"项目，推广先进实用技术进田间、进果园、进市场，科技让石榴插上扶贫翅膀。

田间管理是个大学问，光是实用操作《科技手册》就有 300 多页。淅川县农业局驻村干部李俊是林果专家，在村里派上了大用场，经常告诉群众：种石榴可不比一般庄稼，必须信科学，用科学。村里配合龙头企业，实施智能化管理。利用豫广网络平台，在软籽石榴产业基地同步

▲ 武店村种植的软籽石榴

规划建设视频监控系统，对种植、施肥、管护、采摘等实施全过程监控，让消费者一清二楚。利用农用飞机、无人机植保替代人工施肥，使用遥感监控技术实时监测果园温度湿度，主动进行灾情预报和信息提醒，打造新型农业种植的"千里眼""顺风耳"。

现在，"渠首软籽石榴"这个牌子，在水果市场已具有一定知名度。村民邹山玉形象地说，咱这石榴"喝"的是丹阳湖天然矿泉水，"吃"的是生物有机肥，"贴"的是质量可追溯的有机认证品牌，这些都是生态产业发展的"金字招牌"。目前，该村的软籽石榴顺利通过国家绿色认证，正在申请国家有机认证。

软籽石榴今年就结果了，小的六七两一个，大的有八九两，有一个"果王"达到一斤二两多！收成这么好，如何销售又成了新问题。龙头

公司有办法，他们拓展推行平台化营销，常态化举办电商技能培训班，借助京东、淘宝、抖音等电商和融媒体平台，探索线上线下相结合的营销新模式，把软籽石榴等有机农产品推向全国。借助北京市朝阳区与淅川对口协作机遇，推进软籽石榴等农副产品进首都。借助第三届中国石榴博览会在淅川举办的契机，开展特色农产品专场销售，赢得广大消费者的青睐。

百姓心声

"这个软籽石榴基地可真是好得很哩很啊！"党员贫困户沙聚忠感慨道。他今年66岁了，瘦瘦的样子，还患过轻度脑梗。但他人穷志不短，对"志智"双扶的脱贫要求积极响应，在自家大门贴的对联上写道："绿水青山就是金山银山，高唱脱贫歌圆梦奔小康。"

他家的5.4亩地，流转给公司，每亩地租金每年800元，租金收入4320元。他不仅自己参与在软籽石榴基地打工，还经常组织贫困户和其他群众参与服务基地工作。根据浇水、除草、扦插、覆膜等不同工作项目，每天每人能挣60至80块钱，贫困户另加10元钱。

由于沙聚忠干活认真负责，有比较强的组织协调能力，仁和康源公司决定由他开始试行"返租倒包"的管理办法。由沙聚忠承包40亩地，每亩管护费每年600元，年收入增加2.4万元。另外，他用贫困户到户增收资金5000元投入3亩果园，入股龙头企业，由其托管，进行统一管理，每年分红3000元，还能以出租土地入股，按照一定比例享受软籽石榴基地的入股分红分股金。这样算下来，光是软籽石榴这一项，就能增加收入3万多元。

沙聚忠爱人乔玉良掩饰不住脸上的喜悦之情说:"这个石榴基地可是带给我最大的好处!挣钱多少,我都不图,就图勤快劳动、整天开开心心!"她说,我患癌症做手术四年了,为啥到现在还能活蹦乱跳的,就是因为整天心情好,不仅在石榴基地除除草、浇浇水,还能去村部广场上跳跳舞,可开心了!

乔玉良一打开话匣子,就收不住。她一口气说道,这几年,村里新修了水泥路,铺了下水道,进行电网改造,扩建文化广场……这些发生在老百姓身边的变化,大家都看在眼里、记在心上。特别是省曲剧团送戏下乡,到武店村演出,以往只能在电视上看地方戏曲栏目《梨园春》,没想到能够见到擂主"真人"了!满满的幸福感溢于言表。

带贫模式

在发展软籽石榴初期,不少村民都有这样的担忧:石榴收获了,群众能不能受益,贫困户能不能增收,会不会一边富了企业,一边群众照样贫穷?

在县乡两级党委、政府支持下,经过村里与龙头企业协商,该村与河南仁和康源公司合作,坚持"政府主导、市场运作、三权分置、利益共享"模式发展软籽石榴种植业。政府负责顶层设计,购买公共服务,落实基础配套和产业扶持政策、金融扶贫资金等;龙头企业负责承贷、担保、使用和偿还产业贷款,流转农户土地,规模化发展产业。土地是农民的命根子,通过所有权归村集体、承包权归农户、经营权归龙头企业,让农民从土地里刨"金子"。

为帮助群众实现脱贫致富,村里和仁和康源公司最终这样敲定,在

利益分成中让农户得个大头儿。产业见效后，村委会、龙头企业和农户按 1：4：5 比例分享净收益。其中，10% 归村委会，作为服务管理费，主要用于产业保险、宣传、协调、服务等费用；40% 归龙头企业；50% 归农户，作为看护果园的劳务报酬。

在这种模式下，贫困户投入产业发展门槛低，实现"一地生四金"，即土地流转收租金、基地务工挣薪金、返租倒包得酬金、入股分红分股金。具体说，土地流转收租金，每亩地每年 800 元；基地务工挣薪金，人均月收入 1800 元至 2500 元；返租倒包得酬金，贫困户与带贫主体签订管护协议，每 7 亩果园为 1 个单元，每个单元管护费用每年 3000 元；入股分红分股金，扣除企业服务费、地租（按每亩 5000 元提取）后，享受 50% 果园纯收益分红。

武店村贫困户全部参与软籽石榴产业发展，人均 1.5 亩果园，户均年收益 3000 元左右，进入盛果期户均年收益将突破 1 万元。

嬗变

"我给自己的工作日记起了个名字，就叫《石榴花开》。"省委组织部下派的驻村第一书记刘峰说，武店村的今昔变化，很大程度上得益于推广种植软籽石榴，今年已开花结果。现在，全村的"短中长"三线扶贫产业多头并进，如雨后春笋般蓬勃发展。

围绕短线挣现钱。建成 300 千瓦光伏电站、温室大棚（42 个分棚），发展香菇 6.8 万多袋、蔬菜 120 多亩，黄粉虫扶贫车间年产干品 50 吨，户均年增收 2000 元以上。

围绕中线谋致富。除了发展软籽石榴种植业，还新建扶贫车间，引进澳门风味食品"凤凰卷"饼干加工项目，吸纳贫困户及村民就近就业，广开致富门路。

围绕长线造恒业。依托南水北调干部学院、渠首北京小镇及文化和民俗一条街、丹阳湖国家湿地公园，重点打造武店农庄，增加村集体经济收入。村民

▲　省曲剧团红色文艺轻骑兵到武店村慰问演出

邹山喜满怀期待地说，就等着这些项目快点建好，带动全村发展农家乐呢！

喜看今日新武店，绿水青山正在变成金山银山。河南理工大学下派的驻村第一团支书王伟超说，感到武店村有"四变"：一是荒山变绿了，昔日的荒山荒坡，披上美丽绿装。二是农民变富了，随着产业发展和就业门路拓宽，群众的腰包鼓了起来。三是农村变美了，群众住上新房子、种上发财树，现在的村庄林果环绕、鸟语花香，成为"花的海洋、果的世界、鸟的天堂"。四是乡风变淳了，许多群众都喜欢到村部广场跳跳舞、打打球、健健身，精神生活丰富，日子过得越来越红火。

22 "评星"促脱贫

渌口区自古为湘东门户，享有"湘东明珠"之美誉。2018 年 6 月 19 日，经国务院正式批复撤株洲县，设株洲市渌口区。现辖 8 个镇，129 个村、10 个社区（居委会）。2015 年底，有建档立卡贫困人口 3184 户 9551 人、贫困村 12 个。脱贫攻坚开展以来，大多数贫困群众走上脱贫奔小康之路，越干越有劲头。但也面临着少数贫困群众人穷志短、不思进取，内生动力不足等问题亟待解决。

扶贫贵在扶志，难在扶志。如何激发这些贫困户的内生动力，实施扶贫扶志，打赢脱贫攻坚战，形成长效脱贫机制？渌口区深入学习贯彻习近平新时代中国特色社会主义思想，以公序良俗为引导，探索创立"脱贫立志、星级创建"新机制，教育引导贫困户"人穷志不短"，培养贫困户同奔小康的精气神，将扶贫与扶志、扶智相结合，精准滴灌，引导激发贫困户树立正确的荣辱观和价值观。

正导向，立标准，以正确价值观引导"立志"

从 10 个方面对贫困户的现实表现进行评价，每个方面设置明确的评价标准，符合标准的得一颗星，不符合标准的不得星，根据得星总数对贫困户综合表现划定等级。

坚持问题导向，设置评星内容。扶贫过程中，我们发现有的贫困户好逸恶劳，甚至以"穷"为荣，贫困户之间相互攀比慰问资金和物资；有的贫困户不懂得感恩，发牢骚、有怨言，不配合镇村和帮扶单位开展工作；有的贫困户不守公序良俗，生活态度消极，甚至家庭环境卫生都搞不好。针对当前贫困户存在的突出问题，结合社会主义核心价值观和乡风文明建设要求，设置 10 项评星内容，即爱党爱国之星、诚信守法之星、团结友善之星、感恩怀德之星、清洁卫生之星、重教好学之星、勤俭持家之星、孝老爱亲之星、勤劳上进之星和创业致富之星，为贫困户立志指明方向、明确目标。

力求简易操作，明晰评判标准。坚持好理解、好操作原则，对每颗星的评价标准进行定性定量。例如，"感恩怀德之星"要求贫困户不发牢骚，积极配合工作，不无理取闹，不缠访闹访；"创业致富之星"要求家庭人均年收入需达到 10000 元以上。由易及难合理设计进步阶梯，适当拉开差距、体现差异，让评星结果呈现"两头少、中间多"的分布特点，使少部分贫困户成为先进典型，大部分贫困户学习有标兵、进步有空间。评价过程中，根据得星总数对贫困户表现情况划定 4 个等级，仅获得爱党爱国之星、诚信守法之星的为基本合格，3—6 星为一般，7—8 星为较好，9—10 星为优秀。

培育乡风文明，营造良好风尚。开展移风易俗行动，在全区范围推行"村规民约"，弘扬中华传统美德，营造良好的道德风尚，使贫困户在良好环境中通过耳濡目染，主动戒除等、靠、要等不良思想，树立向善向上的生活态度。通过"脱贫立志、星级创建"活动，既丰富了乡风

文明建设的载体，又开辟了一条镇村管理新路径。

严评议，晒成绩，以监督的力量倒逼"立志"

建立多方参与、程序严谨、广泛监督的评议机制，确保评定结果客观真实、公信度强。公示评定结果，发挥社会力量的监督、鞭策和激励作用，切实增强贫困户荣辱观，把星级评定的过程转变为贫困户立志自强的过程。

多方参与，确保客观真实。按照全社会参与脱贫攻坚的工作思路，引入第三方力量参与评议，在贫困户自主申请的基础上，由村"两委"通过聘请、组织乡贤能人，德高望重的老党员、老干部、老教师，以及致富带头人等组成第三方"评议小组"，参与贫困户"评星定级"。通过提高非贫困群众的参与度，打破过去"干部大包大揽"的格局，确保结果真实有效、客观合理。

严格程序，做到公平公正。创建活动设定贫困户自评、村组评议、帮扶干部鉴定、区镇审定等四步，每季度评定一次，年终进行总评。评星定级以村为单位，先由贫困户自愿申请并对照标准自评，原则上不申请，不评议，

▲ 新燕村"脱贫立志、星级创建"结果公示栏

不奖补。村"两委"组织评议小组并邀请驻村工作队队长和结对帮扶干部召开评议会,对自评结果进行审定、修正,多方讨论无异议后确定评议等次,报镇扶贫办复核。

公开结果,广泛接受监督。严格执行公开公示制度,严禁弄虚作假、搞形式主义。每季度评选结果复核确认无误后,在镇、村公示专栏张榜公示,接受社会力量的广泛监督。同时,区扶贫办不定期组织专门队伍对评星结果进行随机抽查,其中 7 星及以上的贫困户抽查复核率不低于 50%。通过对评星定级结果的公开公示,让表现良好、主动脱贫的有面子、有干劲,让不思进取、好逸恶劳的有压力、增动力,不断激发贫困户的脱贫致富主动性、积极性。

重奖惩,树典型,以精神和物质激励"立志"

将评星定级结果与"面子""票子"挂钩,通过荣誉激励、专项奖补等方式,对贫困户实施精细化管理、差异化扶持和规范化奖补,最大限度激发贫困群众比学赶超、争先向上同奔小康的动力。

与精神激励结合。每季度区、镇两级分别对评为优秀、较好等次的贫困户进行授牌表彰,通过"小奖状"为贫困户注入"大能量",并择优推荐参加上级的评先评优活动。对得"星"进步显著、主动要求脱贫退出等典型事例,进行集中宣传和推介,引导贫困群众树立自力更生、自主脱贫意识,营造争相脱贫的良好氛围。古岳峰镇白壁村 53 岁的李明光,小时候因患骨头结核引起脊柱变形,五六年前又患上肺气肿。身有残疾,又要照顾老母亲,在活动开展前,一度消极懒散,抱着"没有吃的,反正国家会给"的想法,成天无所事事。在 2018 年一季度"脱

贫立志、星级创建"评比中，只评得 3 颗星。这激起李明光脱贫的斗志，他奋起直追，勤劳苦干，白天到村工厂打工，下班后回家养兔、养鸡；除了搞好家里卫生，还参与村里公益事务……李明光的脱贫决心、勤劳态度、热心公益得到广泛认可，在第四季度评比中拿到 9 颗星，当年底各项收入达 3 万多元，顺利脱贫。龙潭镇花田村胡喜祥，曾经生活穷困，几乎丧失信心。通过星级创建活动和干部的精准帮扶，他立志脱贫，重振信心，依靠自己勤劳的双手，发展黑猪养殖产业，走出一条脱贫致富之路，在全区起到典型示范作用，2018 年第三季度被评为"10星"、优秀等级。

与物质奖补结合。科学制定奖励标准，创建星级越多，奖励标准越高，帮扶力度越大。对基本合格等次的已脱贫户、未脱贫户分别设置100 元、200 元的奖励基数，一般等次的每增加一星增加奖励 50 元，较好等次的每增加一星增加奖励 100 元，优秀等次的每增加一星增加奖励 200 元。随着活动深入推进，定级标准逐年提高，奖补标准也有新变动。专项奖补还与产业帮扶、就业帮扶结合起来，让立志奋斗的贫困户得到更多激励，让等、靠、要的受到触动改变。

与精准帮扶结合。通过星级评定，帮扶责任人可以全面掌握贫困户的精神状态、思想观念、劳动能力等方面情况，针对贫困户缺失的星级进行"靶向帮扶"，制定专项帮扶计划和帮扶措施，做到一户一策、精准施策，推动帮扶工作取得实效。星级评定实行动态管理，建立贫困户星级创建管理档案，帮扶责任人能及时掌握贫困户表现"退步"或者波动较大的内容，并及时调整帮扶措施，完善帮扶计划。进一步运用创建成果，开展"自强户"申报活动。对脱贫一年以上，并且四个季度获得星数合计在 25 颗以上，还要获得"勤劳上进之星"或"创业致富之星"1

▲ 龙门镇花冲村贫困户陈湘泉获得七星荣誉

次以上，收入稳定的对象，经户主本人自愿申报"自强户"，区、镇审批后，授予"自强户"光荣称号，实现逐户销号。2019 年一季度，全区评定"自强户"212 户。

"脱贫立志、星级创建"活动开展以来，在社会上产生良好的示范效应和正能量，取得显著脱贫成效。截至 2018 年底，渌口区累计完成减贫 7792 人，贫困发生率降至 0.59%，12 个贫困村全部出列。这一做法被称为扶贫攻坚"渌口经验"，为全国扶贫扶志提供生动案例，被称为扶贫扶志的新路子、实路子、好路子。

23 玫瑰花美了夹金山

　　一个人在顺境中微笑那是种幸福，一个人在逆境中微笑那是种坚强，只有坚强才能创造奇迹。每每看到夹金山上那一片片玫瑰花，我总会情不自禁地微笑。"夹金"在藏语中有很高很陡的意思，夹金山是我们心中的圣山，也是中国革命的圣山，是红军长征翻越的第一座大雪山。通往它的道路，正如今天的脱贫路，曲折艰难。但只要我们心怀执念、不畏艰辛，终会翻越高峰，实现共同富裕的小康梦。

　　我的玫瑰人生路，要从童年说起。1985年腊月二十五日，我们一家人盼望过节的欢喜突然被沉重的阴霾笼罩——爸爸遭遇车祸去世！一家人顿感天要塌了！奶奶和妈妈擦干眼泪，艰难地挑起这个家的重担，面对现实，养育我们姐弟5个。那年我11岁，小弟弟2岁，深深体会到失去亲人的痛苦，体味了生活贫困的酸楚与艰辛。

　　13岁那年，奶奶得重病，弟弟妹妹要读书，我被迫辍学。为贴补家用，我第一次离家跟着亲戚进山采松茸。妈妈送我到村口，眼睛红红的，我强忍住泪水，头也不回地走了。松茸生长在浓密的青松树下，我个头小，老被树枝刺到，浑身都是带血的伤口。别人问我痛不痛，我微笑着回答"没事"。

整个松茸季节，我一共卖了270元。当我把这笔钱交给妈妈时，奶奶在身旁含泪微笑着、抚摸着我的头说："以后我们家好过了！孙儿能干，可以挣钱回家啦！"妈妈也笑了。从那以后，我喜欢上微笑，不管人生是苦是甜，都用微笑面对。

20岁那年，我嫁到夹金山下的冒水村。村子海拔3200多米，气候寒冷，山高坡陡，人们只能种植土豆、豌豆、胡豆。为让家里过得好点，我借钱在乡上开了一家面馆，三年后又开了一家酒店，并注册一家野生资源公司，专门加工销售野山菌、野菜等。我们家的日子越过越好。虽然自家的日子好了起来，但村里大部分人还是过着紧巴巴的日子，让我觉得不安和别扭。我想，要是乡亲们一起富起来，大家其乐融融该多好。

2008年，我光荣加入中国共产党。2010年，很多村民找到我，他们说我踏实能干、会做事，想推选我当冒水村村长，带领大家脱贫致富。看着乡亲们期盼和信任的眼神，想到自己作为党员就应该有一份责任和担当。

我当选村长时发誓，一定要带领乡亲们摆脱贫困，让他们过上幸福的好日子！

冒水村山上野猪多，经常糟蹋庄稼，这对贫困的村民来说更是雪上加霜，要想脱贫，真是困难重重。有一次，我在野猪糟蹋啃光的田地里，惊奇地发现一株玫瑰依然挺立，原来野猪"怕"玫瑰啊。这种玫瑰小金县随处可见，很容易生长。当时我就想：既然野猪不吃玫瑰，如果玫瑰能变成钱的话，那我们能不能把种粮食改成种玫瑰呢？

第二天，我带着疑问赶到县城，请朋友上网查询。他说："玫瑰可提炼成精油，现在的玫瑰精油，在口服养生、化妆品等领域需求量极

▲ 夹金山下乡亲们正在摘玫瑰

大，前景广阔，简直就是液体黄金。"我听后激动地说："不要说跟黄金比，只要比土豆、豌豆、小麦强就行！"我决定到外地去考察。

可是，这件事遭到家人的强烈反对。老公说："我们家日子过得这么好，你干吗要去瞎折腾？地里不种粮食，要去种玫瑰，只有疯子才有这种想法。"我反驳道："种玫瑰能让村里人富起来。我现在是村长，我们家虽然好过，但村里其他人好过吗？大家富才是真的富！"最终得到老公理解，我便踏上这条漫漫"玫瑰路"。

很多事，说起来容易做起来难，要想把玫瑰花变成钱，过程复杂又艰辛。甘肃苦水镇的玫瑰基地很有名，我决定先去那里学习考察。那是我第一次独自出远门，怀揣美好的希望，前路却是迷茫。我从小金县坐车到成都，然后坐飞机到甘肃，又被一个司机拉着，在黄土高坡上跑了很久很久，才到达苦水镇。人生第一次看到那么一大片美丽的玫瑰花，我心里异常激动：这都是一朵朵粉红的"黄金"啊，一路艰辛顿时化为微笑。

后来，我又去山东、云南、贵州等7个省进行考察，最辛苦时7天跑了5个省。有一次，我病倒在途中，心力交瘁，加上病痛的折磨，感觉自己再也爬不起来……此时我迷糊混乱的大脑里，浮现出冒水村父老乡亲们的身影，还有他们那殷切的目光。我的意识渐渐清醒，并对自己说：我的身体倒下只是暂时的，有冒水村的乡亲们在我身后，我的意志和勇气是不会倒的。第二天，我又像一个天不怕地不怕的傻子，继续前行！

2012年，经过两年多的实地考察，我把8个省的玫瑰品种引进到村里，反复试验比较后，最终选择适合高原生长的大马士革玫瑰。

2013年，我用积蓄买回大批大马士革玫瑰花苗，免费发放给村民，满怀信心地带领大伙种植玫瑰。但事情并没有想象中的那么顺利。玫瑰在三四月份种植，第二年五月开花，到八九月就可摘花收获，见效很快。虽然乡亲们在种玫瑰，心里却怀疑玫瑰真能变成钱吗？这种心理是很正常的，也是能够理解的。一些人种植的积极性不高，管理不上心，那年玫瑰成活率很低。

2014年，遇到玫瑰市场惨淡，我怕乡亲们吃亏，更不用心种玫瑰。当时的情形，我看在眼里，急在心里。为

▲ 陈望慧欣喜地看着玫瑰的丰收

了激励乡亲们的种植信心，我以高于市场 40% 的价格回收玫瑰。拿到钱，大家都很开心。但没多久，他们又担心起来："我们现在跟着你种玫瑰，如果你以后不收购我们的玫瑰怎么办啊？"于是，我牵头成立玫瑰种植合作社，挨家挨户与他们签订购销合同，而且以高于传统农作物 3 倍的保底价。这下乡亲们吃上"定心丸"，放心种植，用心管理。

四川省内没有玫瑰加工厂，我把采摘的玫瑰收集起来，跑两天两夜到甘肃苦水镇加工。加工厂的专家鉴定后认为：冒水村日照充足，昼夜温差大，纯绿色生态的玫瑰出油率极高、香气醇正、市场前景广阔。那一刻我哭了，抑制不住欣喜又激动的泪水，我看到了这个贫困村美好的未来！

2016 年，我被推选为村支书，肩上的担子更重。既然种玫瑰是因地制宜、脱贫致富的好办法，我就要把全部心思都用在带领乡亲们种好玫瑰上。这一年，我们村玫瑰大丰收，采摘完玫瑰花后，我凑来 130 万元现金摆在村委会桌子上，继续以高于市场 40% 的价格付给乡亲们。我并不是有钱，也不是傻子，只是要让乡亲们认识到种玫瑰的价值，更加用心种出高品质的玫瑰。

当乡亲们拿到钱后，个个喜笑颜开，都说"种玫瑰真好！"村里有个 78 岁的婆婆，和残障儿子相依为命，拿到玫瑰花款的时候一直拉着我的手哭着说："玫瑰姐姐，您真是我们大家的福星啊！我要谢谢你！"自那以后，"玫瑰姐姐"的称呼就在全县传开了。

我们村以前没有一个万元户，现在家家都是万元户。政府救济十多年的残疾贫困户喻福良从 2015 年开始种玫瑰，2016 年收入 3700 元，2018 年收入 57000 多元，2019 年收入已超过 7 万元！

考虑把玫瑰运到省外提炼加工的成本过高，我们决定修建自己的提炼加工厂。我拿出所有积蓄、卖掉城里的房子和全部商铺，把朋友的房子借来抵押贷款，筹措3000多万元，建起标准化生产厂房。工厂为更多的贫困户和残疾人提供适合岗位，仅仅是季节工就能提供180个岗位，成为当地名副其实的扶贫车间。

那时，村里人和亲戚朋友都说我是"玫瑰疯子"，竟干出这样风险大的"傻事"。而带领乡亲共同致富是我心中的一个执念，我不在乎人家怎么看！

之后，我探索出让乡亲们收益更稳定的模式：公司负责玫瑰加工及销售；合作社负责培育、发放花苗，技术培训和收购鲜花；老百姓只负责种植、管理、采摘鲜花。家里老人、妇女、小孩和不能外出打工的残疾人都可以参与劳动，他们通过自己劳动，得到了收获，找到了自信，既脱了贫又长了志气。

2017年到2019年，全县大力推广玫瑰种植。邻村、邻乡的群众也一个个富了起来。如今，全县玫瑰种植面积12560亩，覆盖12乡镇38个村。其中贫困村30个，带动贫困户1100多户，残疾人家庭400多户，年产值达4410万元，成为国内最大的大马士革玫瑰种植基地。

9年来，走过这条玫瑰脱贫路，我深知它的荆棘危险，但更懂其芬芳甜蜜。有人问："'玫瑰姐姐'，你最高兴最自豪的是什么？"我想了想说："让我感到最自豪的是，小金县的玫瑰产业从无到有，再成为全县支柱，成为世界高原玫瑰之乡，我们找到了一条脱贫致富的新路子。"

24　织金风景飘来白果香

白果村位于贵州省织金县板桥镇北部，辖14个村民组，664户2563人，其中贫困户152户594人，属二类贫困村。辖1个党总支，2个党支部，5个党小组，现有党员37人，全村现有种植业项目5个、养殖2个，成立农民专业合作社3个，村社一体合作社1个，小微企业3个。

近年来，白果村党组织紧紧围绕"113"脱贫攻坚战，学习借鉴塘约经验，探索出"党建提质、组织提力、产业提效、群众提气"的基层党建新路径，党建质量不断提升、组织力量不断凝聚、产业发展势头强劲、群众致富信心倍增。

组织引领，凝聚脱贫攻坚战斗力

坚持以党建为引领，加强村级组织建设。助推大扶贫、大安全、大发展，根据村情实际，制定年度目标任务，细化工作内容，让每个党员有目标、有任务、有责任。实施"五步工作法"规范村务运作，使村"两委"工作公开、公平、公正，取得群众支持和理解。坚持以党支部为核心，发挥"八个方面作用"，调动党员积极性主动性创造性，形成齐心合力、共同奋进的良好局面，各项事业发展迅速，工作成效明显，群众比较满意。

优化基层组织设置。2019年，白果村党支部进行重新设置，把村党支部升格为党总支，下设2个党支部，5个党小组，形成支部连小组，小组联党员的网格模式。

选优配强"两委"班子。为进一步建强"两委"班子，从镇选派一名工作能力强、群众基础好、文化程度高的机关后备干部到白果村担任支书。同时，在原有村干部的基础上增加3人开展工作。

强化学习健肌体。将"两学一做""主题党日"等活动融入"三会一课"，通过上党课、温党史、学党策，常态化开展党性教育。根据"坚持标准、保证质量、严格程序、慎重发展"方针，严把发展党员组织关。坚持开展民主评议党员，通过开展批评和自我批评、自查自纠、支部考评、党员自评、群众测评等工作，使党员的党性观念、表率作用得到进一步提升。

讲习并重激活力。成立新时代农民讲习所，把脱贫攻坚讲习所作为助推脱贫攻坚的有效载体和有力推手，实行"空中讲习""集中讲习""现场讲习""云上讲习"等形式，提升党员干部、村内群众的发展意识和水平。目前，已开展集中讲习40场次，分散讲习137场次，受讲群众达23000余人次，推进全村脱贫攻坚及产业结构调整工作迈上新台阶，各项工作取得阶段性成果。

规范村级活动阵地。投资41.39万元，结合财政"一事一议"资金及农民体育设施改造白果小学为村级活动阵地。根据村部门配备，完善党员活动室、新时代农民讲习所、服务便民大厅、村社一体办公室及

▲ 白果村蔬菜大棚远景

脱贫攻坚办公室，活动场地达到 1000 平方米以上，切实规范村级阵地建设。

发挥驻村干部能力。县下派第一书记及镇选派的驻村干部积极发挥"一宣六帮"工作职责，认真履职，积极参与全村项目落实、产业发展和脱贫攻坚工作。近年来，各级驻村帮扶干部共协调项目资金 18 万元，资助村办公经费 2 万元，为群众办实事 360 余件。

树新风促民风。通过召开村民大会，制定并通过"红十三条"村规民约，以社会主义核心价值观为引领，以农村环境整治为核心，积极开展文明村寨、文明家庭、文明个人、劳动能手等评比活动。通过组织召开一次动员大会、制定一个比赛规则、开展一次现场观摩、进行一次评比活动，让落后的人红红脸，让优秀的人长冲劲，在全村树立榜样、树立典范，营造一个想干、实干、大干的良好氛围，形成全村个个讲团结、家家爱和谐、寨寨讲发展的美好景象。

重监督促发展。通过 LED 平台曝光、村务政务公开和开展工作竞评等形式，使发展过程和发展结果接受党员群众、民生监督员、监事会、纪检等部门和群众全方位的监督，让全村所有工作得以在阳光下运行。

产业引领，激发脱贫攻坚内动力

坚持把促产业发展、促村民增收，作为支部工作的重中之重。在镇党委、政府指导下，立足实际、着眼长远、审时度势，利用优势资源，借助广东省广州市花都区"东西协作"对口帮扶，走"绿色农业、生态农业"的新农村发展之路。

招商引资借外力。积极开展招商引资活动，引进"皂角＋银杏"项目，拟投资 1000 万元，建设一个 1000 亩的集乡村旅游、科普示范、园林绿化和休闲度假于一体的田园综合体。

对口帮扶添活力。2016 年，得到广州市花都区 500 万元对口援建资金。其中，210 万元投入产业发展，建成 300 亩油用牡丹种植基地、192 亩竹荪种植基地和 125 头的生猪集中养殖基地，覆盖贫困户 54 户，每年实现村集体分红 4.6 万元，贫困户分红 3.8 万元。截至目前，实现全村集体经济

▲ 村民正在茶叶育苗

资金积累 800 余万元。

自谋产业助动力。结合恒大援建帮扶建设蔬菜大棚之机，引进龙头企业实施茶叶育苗 6600 万株，实现了群众务工增收 200 余万元，贫困户分红 5.4 万元，形成农业强、农村美、农民富的美好局面。

改革引领，提升脱贫攻坚竞争力

村党支部集思广益，结合村情，根据村自然资源及外援帮扶资金资源，实施具有个性特色的乡村模式改革。

探索利益分配链接机制。学习借鉴塘约经验，结合白果实际，把白果村作为全市塘约示范点进行打造。探索推出"1234"扶贫发展模式：

▼ 白果村发展密本南瓜种植

实现全面小康、共同富裕"一个目标",享受保底分红、利润分红"两次分红",实行资金、资源、资产"三种方式入股",进行村、片、组、队"四级管理",接受党支部、社员或股民、群众代表、监事会"四方监督",享受入股分红权、管理经营权、监督权和务工权"四项权利"。

发动群众积极参与。采取"龙头企业＋合作社＋生产队＋农户"的运作模式,按照"村社一体、合股联营"的发展方式,成立白果村委合作社,吸收 400 余户农户近 2000 亩土地入股合作社种植茶叶,解决贫困人口就业岗位近 100 余个,2018 年实现建档立卡贫困户务工增收18 万元以上。

实施乡村旅游扶贫。借助村白果树先天自然资源优势,围绕建设宜居、宜业、宜游的美丽乡村,完善基础设施,整村推进实在农家·美丽乡村建设,做实做强乡村旅游项目。目前投入 290 万元基础设施项目,其中投资 80 万元建设 1 公里的银杏大道,70 万元建设白果广场,20 万元建设 1400 平方米的生态停车场,30 万元建设 1000 平方米的白果大塘,30 万元建设 3 个观光亭,15 万元建设 300 米的观光步道,25 万元购买垃圾清运设施设备,20 万修复小红岩剿匪遗址。同时,各级投入资金500 余万元对全村房屋、两硬化等进行改造。

服务引领,加快全面小康步伐

坚持全心全意为人民服务,着力办理好党员群众最关心、最迫切、最需要的民生实事。团结带领广大村民加快社会主义新农村建设步伐,因地制宜实施水、路、电、网等基础设施建设工程,按照新农村建设要求,全力实施"农村环境整治三年行动",完善垃圾无害化处理设施,

村庄绿化面积逐步扩大，生产生活居住条件进一步改善。

开展书记面对面活动。让镇党委书记、联系村的镇党委副书记、村支部书记、村支部副书记、驻村第一书记深入村寨、深入群众，面对面了解问题，面对面解决问题，用干部的辛苦指数换来群众的幸福指数。

公开民生实事。拟出每年全村计划实施的民生实事，在村委会长期公开，进行销账式管理，接受全村群众的监督。2017 年以来，每年年初支部认真梳理村级十件民生实事，通过党员大会研究讨论通过，实行销账式服务、倒逼式完成。实现"两硬化"全覆盖，完成危改 35 户，调解矛盾纠纷 41 件，开展特殊群体关爱 30 余次，解决农户安全饮水 184 户 644 人，治理水污染 4 处，高效完成每年的十件民生实事，为群众办理好事实事 40 余件。

4 年来，全村减贫 580 人，贫困发生率从当年的 18.03％下降到 0.54％，农民人均收入从 4120 元增加到 9135 元，村集体经济积累从零开始增至 102 万元。

25 "娘子军" 矢志打赢脱贫攻坚战

脱贫攻坚战是一场没有硝烟的战役，每一名扶贫干部都身披隐形战衣，日夜坚守在自己的战场上，用坚不可摧的革命意志筑牢脱贫攻坚的战斗堡垒。在赤峰市阿鲁科尔沁旗赛罕塔拉苏木查干花嘎查，也有这样一支驻村扶贫工作队。2018年，查干花嘎查代表全旗迎接赤峰市的脱贫成效考核，取得优异成绩。

俗话说："火车跑得快，全靠车头带。"这支扶贫工作队的带头人很特殊，不仅第一书记是位女同志，而且派驻的两名工作队员也是女同志。正是这样一支以女同志为主力的驻村工作队，以巾帼不让须眉的战斗精神和舍小家为大家的工作情怀，矢志打赢脱贫攻坚战，让查干花嘎查的牧民群众纷纷为她们竖起大拇指。

齐心协力，拧紧老中青扶贫的绳子

清晨，第一抹阳光洒在草原上，查干花嘎查驻村工作队的驻地开始热闹起来，整理扶贫户档案，填写扶贫明白卡，一屋子人忙得热火朝天。自2018年5月工作队驻村以来，全村贫困发生率由2017年的

8.85%下降到2019年11月的0.957%。

在群众眼中坚强、能干的第一书记高鹏霜，在家中是一位温柔、慈爱的母亲。孩子上大学的第一年，她接到组织交给的扶贫任务，便长驻嘎查。高鹏霜一心扑在扶贫工作上，与家人聚少离多。怪不得孩子跟她开玩笑说："妈妈，这两年我们见面的次数，还不如给我送外卖的阿姨多呢。"

工作队中作为"老"字辈的代表，当数退而不休仍坚守扶贫一线的老大姐——旗总工会原女工部部长其木格。2017年4月，其木格来到赛罕塔拉苏木陶海嘎查驻村扶贫，被村民称为"鸡蛋大姐"。原来，陶海嘎查贫困户家中大都散养着小笨鸡，土鸡蛋除了自家食用外，还有一些剩余。于是，其木格就帮助贫困户通过微信群向同事、朋友售卖土鸡蛋，从嘎查回家时把鸡蛋给他们逐户送去。一年多来，累计为贫困户卖出鸡蛋2000余斤、各类奶食品500余块。2018年，其木格荣获"阿鲁科尔沁旗最美扶贫工作队员"称号。

2019年5月，其木格可以办理退休手续，但她经过深思熟虑，主动向帮扶单位提出申请，继续驻村扶贫，兑现她立下过的"军令状"：群众不脱贫，我就不退休。

如今，其木格在查干花嘎查身兼数职，不仅是工作队的一员"大将"，而且是工作队和蒙古族村民交流的"翻译官"。她还在院子里种起蔬菜，平日里工作队3人的餐饮起居都由她来照顾。"老大姐就是我们的主心骨，扶贫路上少不了她"，高鹏霜说。

如果问查干花嘎查女子脱贫攻坚工作队里最活跃的人，肯定属"90后"驻村队员闫美娜。她用青年人的智慧和汗水，为扶贫事业注入新鲜空气和青春活力。

▲ 贫困户新毕正在整理玉米

　　闫美娜是工作队"青"字辈代表，她与男朋友在扶贫工作中相识。由于扶贫工作任务重、时间紧，两人经常一两个星期才能见上一次面。两人因工作中的优秀表现相互吸引，既互相鼓励又暗中较劲儿，谁也不想被谁落在后面。对工作认真负责的态度，使他们的婚期一再向后推迟，可他们从未有过抱怨，反而更加坚定扎根基层、扎实扶贫的信念和信心。

　　2019年国庆，闫美娜和男友终于喜结良缘，成为扶贫路上的"比翼鸟"。他们仅仅休了4天婚假，便匆匆回到工作岗位，继续奋斗在扶贫一线。在高鹏霜的手机里，保存着关于扶贫工作的点点滴滴，闫美娜的"形象"似乎不那么"入眼"，扒煤堆、捡牛粪，高挑漂亮的闫美娜总是挑些又脏又累的活。"一入扶贫深似海，从此美丽是路人"，闫美娜曾这样调侃自己，但在其他人眼里，她是最美的扶贫工作者。

真蹲实驻，带领牧民群众脱贫奔小康

2018 年 5 月 26 日，内蒙古自治区人大常委会副主任、总工会吴主席到阿鲁科尔沁旗调研脱贫攻坚工作时，决定分两年向该旗总工会扶贫联系点投入 600 万元，打造具有地域特色的基础设施建设项目。

为用好这 600 万元帮扶资金，驻村工作队成立查干花嘎查养殖专业合作社、建立工会组织，采取"支部＋合作社＋贫困户＋一般户"发展模式，由嘎查党支部书记任合作社理事长，全嘎查 170 户的户代表加入合作社组织、成为工会会员，建设查干花嘎查肉牛扶贫养殖基地。当年 12 月，建成 4000 平方米的永久性棚圈，80 头肉牛分两批次在嘎查肉牛养殖扶贫产业基地安家，为查干花嘎查脱贫攻坚夯实了基础，增强了贫困牧民脱贫的内生动力。

2019 年 4 月 25 日，查干花嘎查的牧民群众齐聚赛罕塔拉苏木查干花肉牛养殖合作社，共同见证合作社首次分红大会的召开。170 户 420 人分红资金 16 万元，牧民们喜笑颜开。

笑声就是信心，就是力量。查干花嘎查肉牛扶贫养殖基地正在继续扩大养殖规模，延长产业链条，整体提升地区肉牛养殖标准化水平，真正实现扶贫产业强村富民，助推贫困群众脱贫致富奔小康。

驻村工作队积极协调相关单位筹措资金 2.7 万元，建立"爱心超市"。协调帮扶单位出资 5100 元，在全嘎查范围内组织"美丽庭院"评比表彰活动，开展嘎查街巷卫生集中整治活动，与嘎查所有常住户签订"门前三包"协议。通过"爱心超市"积分奖励和表彰活动，弘扬正能量，激发出嘎查全体群众的潜能，为建设乡风和谐、邻里团结、积极向上、富裕文明的查干花嘎查奠定了基础。

驻村工作队积极争取北京市总工会困难职工帮扶资金 100 万元、北京市教育工会教育扶贫资金 10 万元、昌平区总工会困难职工帮扶资金 10 万元，得到上海市浦东新区怀元儿童之家救助的 5000 元过冬衣物和自治区总工会女工部捐助价值 5000 元的学生书籍，专项救助赛罕塔拉苏木小学困难学生。联系自治区教科文卫体工会到查干花嘎查开展"送医送药"义诊和送文化下乡等活动。这些活动的开展，充分调动了牧民群众向上向善、励志脱贫、建成小康的积极性、主动性、创造性，推动牧民群众互助友爱，奉献爱心，共同建设和谐美丽的查干花嘎查。

▲ 脱贫户哈斯额尔敦夫妇在检查为无劳动能力贫困户代养的牛犊长势

倾注真情，点燃贫困群众的脱贫希望

驻村，不仅要完成上级交办的各项任务，而且要懂民情、解民忧、得民心。

苏和巴特尔是嘎查的建档立卡贫困户，2018年8月，他的孩子以优异成绩考上大学。为解决孩子上学费用问题，工作队多方筹措帮扶资金。在孩子开学前夕，工作队送去6350元助学资金和500元生活救助资金，解了燃眉之急。

嘎查有一名叫莲花的建档立卡贫困户，她是单亲家庭，住的是危房，由于评定危房时间短，补助款尚未到位。房屋暂不能住人，一旦遇到大风大雨会有倒塌的危险。得知情况后，高鹏霜和其木格共同出资4000元，先为她垫付改造资金，并联系人员进行房屋改造施工。

一个月后，莲花住进新居，庭院干净整洁，一只小猫趴在阳台小憩。莲花见高书记和其木格来到家中，眉开眼笑，"莲花"早已绽放。

疾病与困难，有时可以侵蚀掉一个家庭的信心。这支敢打并善打硬仗的"娘子军"，总是一次又一次为困难家庭送去温暖和希望。

2019年1月，高鹏霜在日常走访中发现嘎查牧民阿拉坦仓双脚有严重冻伤。高鹏霜第一时间联系村医到他家中做基础诊断，得知伤情较为严重后，一方面交代村医为其进行医治控制病情，另一方面多方筹措资金，联系帮扶单位申请帮扶资金5000元、申请苏木民政救助资金5000元，协调其亲友出资4000元作为阿拉坦仓后续治疗的费用。阿拉坦仓病情恶化后，她又从苏木的爱心资金中申请救助资金1万元，并组织嘎查党员、入党积极分子和村民代表在查干花嘎查村部开展捐款活动。

"娘子军"竭尽所能帮助嘎查群众的所作所为,被群众看在眼里、记在心间。2019 年 7 月 1 日,嘎查牧民宝迪其其格自发为工作队送上一面锦旗,表达嘎查牧民对驻村工作队深深的感谢和敬意。

真扶贫、扶真贫,真脱贫、不返贫,"娘子军"倾真情"扶志"、用真心"扶智",不断激发贫困户自主脱贫的内生动力,真心实意帮助贫困户想办法、找门路,点燃起贫困群众脱贫的希望。

26　一支寒（韩）梅向阳开

从一个残疾人到成功企业家，从一名普通家庭妇女到走南闯北与外商谈判，从一家作坊式的小厂到规模不断扩大、业务不断增多的工艺品生产企业，韩玉梅走过了与常人不一样的人生之路。她说：我身虽残疾，但我要用勤劳的双手创造生活的美。如今，她创办的公司，已拥有员工 51 人、残疾人员工 13 人，拥有固定资产 500 万元，每年产值达到2000 万元，带动了数百个家庭的就业。

厄运压不碎人生梦想

在常人眼里，童年是最快乐的人生时光。而对于韩玉梅来说，这是可望而不可即的。在她 8 个月的时候，由于身患小儿麻痹症，造成右腿残疾。她的童年、少年时期，一直靠拐杖支撑才能行走。

命运的不公曾让小玉梅一度心灰意冷，漫漫人生难道就这样度过？天生要强的她把精力放在学习上，如饥似渴地从书本中汲取力量。慢慢地，伴随着韩玉梅的成长，未来的人生之路渐渐清晰。经过精心疗养，17 岁那年，韩玉梅丢掉了拐杖。自己走路的感觉让她进一步坚定一个信念：脚下的路要自己走，人生路也要靠自己走。

在辗转几个工作岗位后，韩玉梅决定自己创业。在经过多方考察后，2008 年韩玉梅在城关镇租下 5 亩地创办蜥蜴养殖基地。韩玉梅视蜥蜴如生命，用心呵护，精心照看，严格按照学到的养殖知识进行饲养。吃在场里，睡在场里，工作在场里，家倒成了偶尔的栖息地。寒来暑往，一个小小的养殖场，在她的侍弄下做得有声有色。

为把养殖场做强做优做大，2012 年韩玉梅从安徽农业大学请来专家进行指导，并建立起实验基地，小场子很快赢来可观的经济效益。然而，有一个问题困扰着韩玉梅。由于蜥蜴有近 5 个月的冬眠期，在这期间，工人大都没有事情可干，场子也基本上处于闲置状态。闲不住的韩玉梅不甘心，她开始谋求新的发展路径。一个偶然的机会，韩玉梅接触

▼ 韩玉梅制作的葫芦烙画

到葫芦工艺品。她发现葫芦工艺生产并不是很复杂，劳动强度也不大，很适合残疾人来做。抱着试试看的心态，韩玉梅和几个残疾朋友做了一些葫芦工艺品，通过阜阳市残联的同志拿到国外市场，没想到竟大受欢迎。韩玉梅心里有了谱，她想把葫芦工艺做强做优做大，造福更多的残疾人朋友。

商机迎来事业新起点

葫芦工艺品，就是用烙铁在晒干的亚腰葫芦上作画。这不仅要有较高的艺术欣赏能力，而且要有熟练的技巧，工艺要求很高。为了不断提高工艺水平，韩玉梅先后到山东、河南、山西拜师学艺，选取原料。为更好地指导工人提高技术，韩玉梅高薪从山西聘请工艺师作为指导老师，全面培训。2012年，韩玉梅注册姜尚工艺品有限公司，并注册"姜尚"商标，填补临泉县旅游工艺品商标品牌的空白。

2013年，在第三届安徽民间杂技艺术节上，韩玉梅的展台吸引了众人关注。工艺师现场用烙铁作画，一会儿工夫，原本再平常不过的葫芦，变成了色彩斑斓、生动有趣、人物栩栩如生、景色异常迷人的工艺品。人们争先恐后抢购一空，韩玉梅的葫芦工艺品在社会上的影响越来越大。

葫芦工艺品的主要消费市场在国外，重点是欧美、非洲、东南亚等地区。为做好对外贸易，韩玉梅拖着残疾之躯，跑海关、奔港口、赴展会。外贸工作对她来说还是个新鲜事物，韩玉梅需要尽快熟悉并掌握。她亲自与来自东南亚、非洲、美洲、欧洲的客户商谈，详细了解客商对产品的需求，仔细打探外国人的欣赏习惯，认真把握每一个稍纵即逝的商机。

　　从开始的忐忑不安，到渐渐应对自如，她对自己充满信心，对个人的产品信心满满。2013 年公司对外贸易额 100 多万美元，2014 年达到 300 万美元。随后，对外贸易额连年上升，成为全县乃至全市的外贸大户。

▲　韩玉梅在亚腰葫芦上作画

　　做对外贸易要经常参加各类国际性商贸活动，飞机、火车成了韩玉梅主要的出行方式。行动不便的她带着样品，克服了常人难以想象的困难。当她带着自信的笑容与客商谈判时，客商无不为她对工艺品市场的准确把握而感到意外。真诚让她与多个国家的客商建立起稳固的信赖关系。在认真研究西方人的生活习惯、民俗信仰、节庆习俗后，韩玉梅决定上马新的产品。2014 年公司开始加工原色木制烛台，在广交会、深

圳文博会上深受外商青睐。

善良成就美丽人生

在韩玉梅的公司里，大多数工人都是当地的残疾人。韩玉梅说，她自己身有残疾，知道残疾人的不易，为他们找到一个谋生之路，自己心里也坦然安宁多了。

视工人如亲人，是韩玉梅与工人关系的真实写照。因为她深知，每一件工艺品都饱含工人的辛勤劳动，只有更好地尊重他们，为他们解决后顾之忧，才能让工人安心工作，也才能让残疾人直起腰板自信地活着。韩玉梅主动为工人买了各种保险，逢年过节都组织工人一起开展庆祝活动，为每位工人精心挑选生日礼物。一些工人说，这不是工厂，而是家庭，大家像家人一样相处，这样的日子过得很舒坦。善待员工是韩玉梅的一贯作风。2014年她高薪聘请的一名大学生，拿着公司的业务单自己悄悄单干。韩玉梅发现后，没有直接说破，而是从人生道路说起，暗示他立即收手。后来，这个年轻人主动辞职，韩玉梅没有难为他，给他全额结清工资。

韩玉梅的善良赢得工人的尊重，也赢得外商的信任。2017年以来，尼日利亚、爱尔兰、印度尼西亚等国家的订单纷纷越洋而来。正在这时，临庐产业园向她伸出橄榄枝，邀请她的企业进驻园区，为企业发展提供尽可能的便利。韩玉梅为之一振，这正是企业壮大的好机会。引入西方题材，提升工人技能，丰富产品种类，扩大企业规模，一幅企业全新前景浮现在她的脑海中。

2013年10月，韩玉梅应邀参展九华山明珠广场的展销，产品深受消费者喜爱。尽管内销远比外销价格低一大截儿，但她还是愿意做这单生意。随后，韩玉梅每年都带着自己的产品参加广交会。她说，葫芦工艺品寓意吉祥，老百姓喜欢我的产品比我赚多少钱都好。在每年举办的临泉文化特产展销会上，韩玉梅总会免费把产品赠送给老人和儿童。别的商户替她感到惋惜，她却说：产品似人品，我不仅做到产品优质，人品也要配得上社会的称赞。她是这样说的，更是这样做的。正是韩玉梅的这种大爱，赢来社会的广泛赞誉，她先后被评为"最美临泉人""阜阳好人"。眼下韩玉梅的企业一步步发展壮大，朝着集旅游观光、旅游工艺品生产、葫芦烙画展览为一体的方向发展。

作为一位残疾人，韩玉梅是成功的，她用实际行动证明自身的价值；作为一名企业家，韩玉梅是自信的，她的事业前景蒸蒸日上；作为一位社会人，韩玉梅是出众的，她承担着应该承担的社会责任。她说，工艺品虽然只是众多产品中的一个，但她愿意以此来为公众提供产品服务，用双手为社会创造更多的美丽，愿意用自己的行动为社会做出更多的贡献。

27 爱心筑就"脱贫经"

张雷威始终把贫困村当作自己的家，时刻牵挂贫困户，分别在神木、吴堡、米脂等 6 个县区 19 个乡镇，为 56 个村 12000 多名村民开展扶贫工作，用实际行动诠释了一名共产党人作为党和国家政策的坚定执行者和坚守者。他用爱心筑就"脱贫经"，赢得社会各界好评，个人先后获得"全国扶贫攻坚奖""全国社会扶贫先进个人""陕西省劳动模范""陕西省优秀第一书记"等荣誉。

"只要身体允许、乡亲们有需要，我会一直干下去"

2017 年 4 月 6 日上午，米脂县政府突然有几名村民代表前来"请愿"：手持 70 多户村民联名信，摁红手印请求政府让张雷威留下来，继续帮助大家脱贫。

按照当地政府对驻村干部的任职标准，退休两年的张雷威已不符合相关要求，拟退出扶贫工作。李站村村民听到这一消息后十分不安，包括入股合作社的 40 户贫困户在内的所有人都觉得张雷威就是自己村里人，更是"自家人"。

平时邻里纠纷、家庭矛盾找他，村上谋划产业项目找他……张雷威带领群众成立的养牛合作社已建成，并引进88头牛犊。作为村民心中"自家人"，张雷威更不能在这个节骨眼离开。为了让张雷威留下来，继续领着大家脱贫致富，70多户村民自发向当地政府"请愿"，并在联名信上摁了红手印。

米脂县政府高度重视，县领导亲自接待和答复各位村民意见建议。在征求张雷威本人的意见时，他毫不犹豫地说："我热爱农村，我喜欢和农民在一起，我更想带领乡亲们脱贫致富，只要身体允许、乡亲们有需要，我会一直干下去。"

"一村一品、一户一策，精准扶贫催生好光景"

张雷威提出的"一村一品、一户一策，精准扶贫催生好光景"扶贫理念，在扶贫一线发挥着重要作用。

在米脂，张雷威逐村逐户上门调研走访，召开村民大会，制定精准脱贫规划和年度实施目标。他坚持手把手搞好"传帮带"，领着压茬轮换的新队员一起进村，学习"三农"知识，融入农村生活。

沙家店镇高家圪崂是养鸡专业村，活鸡鸡蛋交易，白天天热不好操作，容易死鸡；晚上交易，光线不好，容易出现数量和质量矛盾。张雷威看在眼中，急在心里，带领群众建起40盏6米高的太阳能路灯，成为榆林市第一个光伏点亮工程。这不仅实现了养鸡增收，而且发展了美丽乡村旅游项目。

在桥河岔乡七里庙村，张雷威自费带领5名村民去山西省文水县、广灵县和内蒙古自治区呼和浩特市考察香菇种植，新建起2个香菇大

▲ 扶贫干部张雷威在米脂县李站村走访途中

棚，既增加了村民收入渠道，又丰富了米脂人菜篮子。近几年来，张雷威光自费考察，就花去几万元。

"根据不同年龄段，分类开展适度养殖、长＋短精准扶贫"

2014 年在米脂县李站村扶贫时，张雷威调研后提出脱贫新方法："根据不同年龄段，分类开展适度养殖、长＋短精准扶贫。"

第一类，50 至 60 岁，身体健康，会农村传统的种植业、养殖业，采用舍饲养羊、适度养殖。第二类 60 至 70 岁，有一定劳动能力，但不

▲ 扶贫干部张雷威在米脂县李站村走访群众

能胜任强重体力劳动，由村民自购一头秦川母牛，扶贫资金再购买一头母牛。第三类病残劳动能力不足的，选出群众威信高、富有担当的精明人、能人带动，共同致富。张雷威根据分类，给贫困户提供种羊和种牛，修建标准化的圈棚，配套铡草机，实现了村民当年投资、次年脱贫、三年致富。

"长＋短"，短线养牛养羊，见效快；长线建立脱贫致富"产业链"，用牛粪和羊粪改良土壤，种植山地有机苹果。养殖业的短，结合种植业的长，互补发展。李站村由 12 头牛发展到 56 头牛，26 只羊发展到近 300 只羊，帮扶办起村畜牧兽医治疗室，牲畜看病防疫不出村。

2017 年 9 月 8 日，张雷威带领群众成立米脂县和富顺养殖专业合作社，两个村集体加入，成为真正意义上的乡村振兴战略村级经济

实体。经过 2018 年的不断努力，目前该合作社投入建设资金 60 多万元，整合村民土地 6.2 亩，社员 67 户，其中贫困户 42 户，占总成员的 63%；非贫困户 25 户，占总成员 37%；70 岁以上的老年人 14 户，占比 20.9%；残疾人 14 户，占比 20.9%。现已采购关中秦川牛等四个品种 86 头，远期计划养殖 120 头以上肉牛，达到中型养殖场规模。2019 年 3 月，该合作社为 42 户贫困户颁发股权证，贫困户成为股东，10 月进行了第一次分红。

为应对可能出现的牛价格周期波动，张雷威提出打造富硒农业产业村的想法，专门走访晋陕蒙富硒产品旗舰店，考察山西晋中、陕南安康紫阳等富硒地区，不断向中科大富硒农业方面的专家学习。这种富硒农业模式，从富硒种植入手，形成富硒谷类、富硒饲草、富硒山地苹果等富硒产品；通过养殖，形成富硒牛肉和羊肉，增加农产品附加值，实现农民增收、企业增效、人民增寿的长久产业链。

"尽快实现当年见效、次年脱贫、三年致富的目标"

张雷威被群众称为"点子王"。他提出的适度舍饲养殖理念，能够"尽快实现当年见效、次年脱贫、三年致富的目标"，已经在榆林南部山区实践并取得明显成效，案例得到了杨凌农科院黄土高原治理专家鲁向平教授的肯定和认可。

2018 年 7 月，在江苏省高邮市和国网陕西省电力公司的大力支持下，张雷威牵头成立陕西第一个"金点子"劳模扶贫帮困服务队，免费为农村脱贫攻坚出主意、想办法、解疑释惑。现已为佳县尚高寨徐家西畔村、清涧县双庙乡下张家山村、米脂县桃镇乡前王坪村做过产业指导，制定了"合作社所有，分户代养，利益共享"为原则的养殖专业经济组织合作社、粉条加工合作社等，深受驻村工作队和贫困村民欢迎。

陕西省高度重视张雷威的扶贫工作经验，多次在省市工作会议上，请他作扶贫工作经验介绍，在全省扶贫干部培训班和挂职副县长培训班上讲经传道，在全省第一书记培训班授课。张雷威担任榆林市总工会精准扶贫总顾问，榆林市政协各界联谊会农业组副组长，为榆林市脱贫攻坚工作献计献策。

2016年1月，国务院扶贫办领导在米脂调研精准扶贫工作时，听了张雷威的工作汇报后，当场给予高度肯定：张雷威同志是一个企业干部，已成为扶贫工作的内行，对精准扶贫有思路有办法。

28 翻译官"翻"开扶贫新页

"新中国成立以来，特别中国共产党十八大以来，中国对世界减贫事业的贡献率超过 70％，每年减贫超过 1200 万人。钦州市是中国广西的一座海滨城市，在对贫困户进行精准识别的基础上，结合自身产业与区位优势实施精准帮扶，对符合脱贫摘帽'八有一超'标准的贫困户进行精准脱贫，已有数万人实现脱贫摘帽……"在第四届亚太可持续发展论坛现场，一个中国小伙子正在用流利的英语向联合国副秘书长阿赫塔尔介绍中国与钦州市的扶贫成果。阿赫塔尔边听边点头边赞叹："中国，very good！钦州，very good！"

这个阳光帅气的小伙子叫刘昶，是广西钦州市外事办公室的英语翻译，现任钦州市浦北县三合镇新村村第一书记。

怀揣梦想"翻译"人生

2016 年，刘昶毕业于广西民族大学外国语学院英语笔译专业。父母希望他大学毕业后回老家山西太原市成家立业。刘昶却说："好儿女志在四方，有志者奋斗无悔"，要扎根基层，让青春之花绽放在祖国最需要的地方。

刘昶对钦州市这个 "一带一路" 西部陆海新通道枢纽城市充满憧憬，当听说该市来学校引进人才，他马上报名并顺利通过考核。到钦州市外事办上班后，刘昶总觉得缺了点什么东西。

后来，派去浦北县三合镇新村村担任驻村扶贫第一书记的两位同事，由于家庭原因，先后向单位申请换人。刘昶想起向联合国副秘书长宣传扶贫事业时的自豪，便主动接下这根脱贫攻坚 "接力跑" 的 "接力棒"。

2019 年 2 月，初到基层的刘昶，人生地不熟，语言又不通，还经常闹出笑话来。比如，分不清 "三鸽" 和 "三合"；又如，把 "供艮坡" 听成 "公斤坡"，进村入户往往搞不懂贫困户表达的意思，严重影响了脱贫攻坚工作进度。

身为翻译官的他，深知顺畅的语言沟通是一切工作的前提。刘昶认为，要想征服一座城，首先征服当地的语言。为了克服语言障碍，尽快融入到群众中去，他拉着村支书走访全村贫困户了解情况，深入田间地头察看村际状况，与村民们拉家常，帮贫困户干活。一个半月后，刘昶把全村 197 户贫困户全部走访一遍。曾经的 "小白脸" 晒成 "锅底色"。一分耕耘，一分收获。当地的方言与白话，他基本能听懂了，时不时还会跟村民们来几句 "夹生话"。

刘昶深知自己没有基层工作经验，便虚心向镇、村干部取经，与工作队员、村信息员探讨交流工作方法。为尽快熟悉扶贫业务，他白天下村，晚上学习研究扶贫文件政策。很快，刘昶成了一个 "新村通"。

"新村村是广西'十三五'规划贫困村，全村有农户 1438 户 5587 人，其中建档立卡贫困户 197 户 832 人，已脱贫 119 户 566 人，贫困发生率

已从 14.8% 降至 4.7%。2019 年，新村村实现 62 户贫困户 231 人脱贫摘帽，贫困发生率降至 0.58%。"谈起村情和扶贫，刘昶如数家珍。

帮扶脱贫户"再翻页"

"创业容易守业难"。脱贫容易，巩固脱贫成果不容易。这话用在 2017 年钦州市脱贫榜样吴德邦身上最不为过。

2015 年 10 月，吴德邦一家 5 口人被精准识别为建档立卡贫困户。没脱贫前，家里主要靠丈夫吴德邦在钦州、浦北做建筑零工挣钱养家糊口。后来，吴德邦在前任第一书记和帮扶干部的帮扶下，自力更生，发展香芋、紫米、千日红花茶等生态特色产业，连片种植 100 多亩紫米和

▲ 浦北县北通镇万亩佳荔基地

30 亩连片的林下百香果基地。

2017 年，吴德邦一家收获香芋 7500 多公斤，纯收入 15000 多元，不仅成功脱贫摘帽，妻子韦爱娟还成立浦北县永乐农产品产销专业合作社，成为村里的致富带头人。她注册"永乐"富硒紫米品牌，扩大生产规模。带动 20 户农户加入合作社，一起发展特色农产品。同年，吴德邦当选为钦州市脱贫攻坚"自强励志·脱贫榜样人物"，韦爱娟则荣获浦北县"三八红旗手"称号。

大多数政策倾向贫困户，帮扶干部的眼睛都是紧盯贫困户。刚开始，刘昶也特别"偏爱"未脱贫户。一次偶然机会，让他及时纠正自己这个偏见。刘昶意识到，如何巩固脱贫成果同样是脱贫攻坚工作的重中之重。那天，他陪同县领导参观韦爱娟的合作社，无意中听到合作社的发展蓝图，他不由得眼睛一亮：这是一个巩固扶贫成果、以先进带动后进、扩大产业规模、引航贫困户奔小康的"领头羊"，必须要抓牢这只"羊"，让它充分发挥作用，真正带动一方百姓致富。

刘昶利用自己的人脉资源，为吴德邦夫妇量身定做一套长远发展规划。经过一番考察与研讨，他建议吴德邦夫妇发展母牛养殖产业。吴德邦夫妇正为如何拓展扩大产业发愁，听了刘昶的建议，心有所动。但是，养殖母牛成本高，一头小乳牛都要 15000 多元。作为一个年人均收入 9000 余元的脱贫户，孩子读书费用大，资金紧缺，实在找不到资金来源。刘昶立即向镇政府和后盾单位申请帮扶资金，在他的奔走努力下，终于通过妇女创业担保的途径，帮韦爱娟争取到 15 万元的贴息贷款。

"养殖场占地 700 多平方米，可容纳 30 多头牛，每头牛养殖一年后大约可卖到 2 万至 3 万元，形成规模后年收入 20 万不成问题。"看着准备竣工的牛棚,韦爱娟喜滋滋地告诉我们。刘昶还帮她协调30亩地,专门用来种牛草。今年底,她计划先养10头小母牛,等明年草长肥了再养20多头,然后发动农户参股入股,大家共同致富。

"刘昶是个很有发展眼光的年轻人,他能够对脱贫户标本兼治,让脱贫户打翻身仗,这是非常值得我们借鉴的工作经验。"三合镇镇长覃琼由衷地为刘昶点赞。

新村村的村支书苏世传告诉我们,刘昶是个对工作特别较真的年轻人,不怕啃"硬骨头"。村里的老光棍、50多岁的预脱贫户陶世昌,一直是"坐等望靠",懒惰成性,村干部和帮扶干部上门介绍他去务工,他不理不睬。刘昶得知情况后,买来几斤猪肉,带上小酒小菜到陶世昌家。一顿饭的游说,老光棍居然被他的诚意打动,答应到县城工业园的

▲ 贫困群众种植的黄皮果

衣架厂务工。

为彻底消除村里"危房改造难"的问题，刘昶多方筹措危改资金，并将自己的第一书记专项帮扶资金以及市领导联镇包村资金、后盾单位帮扶资金，全部统筹到村里的危改上面。他驻村短短的 8 个月时间，村里所有危改贫困户全部搬进新房。村里的住房保障率从 96.94％一下子飙升到 100％。"若不是刘书记帮忙，我们家哪有新房子住呀"，脱贫户高如魁感慨地说。

演绎"脱贫脱单"双丰收

俗话说："赠人玫瑰，手有余香。"爱出者爱返，福往者福来。

有一天，刘昶入户走访贫困户时，看到有一家贫困户的帮扶手册填得不尽如人意。他在帮扶干部群里，让该户的帮扶干部立即入户整改。

回到村后，一个扎着小辫的姑娘从门后探头出来问道："谁是新来的第一书记啊？"刘昶回答："我就是。你是帮扶干部吗？"姑娘撇着嘴说："我就是在群里被你点名的人，现在来整改了。帮扶手册不太会填，来请教一下你。"说着笑嘻嘻地把手册交给刘昶。看着这个嬉皮笑脸的姑娘，刘昶又好气又好笑。

通过询问，刘昶了解到这位名叫王丽敏的帮扶干部是三合镇中学的特岗老师，刚来扶贫业务不熟悉。刘昶拿出一本新的手册，一个空一个空教她怎么填写。填好手册后，早过了午饭时间，饿着肚子的王老师扮个鬼脸，一溜烟跑了。接下来的日子，这个古灵精怪的王老师成了刘昶的重点关注对象。王老师也成了新村村的常客，每次入户都会讨论工作加两句拌嘴，两人俨然一对欢喜冤家。

在刘昶的指点下，王老师积极为帮扶的贫困户何代强申请危改指标、教育资助、雨露计划、产业奖补等，并动员何代强的子女务工就业。有了刘昶这个"幕后军师"，王丽敏的帮扶对象何代强争取到2.8万危改补助，务工年收入71700元，家庭年总收入81115元，人均年收入10139.4元，2019年11月成功脱贫摘帽。

工作队员与村干部经常调侃刘昶，说他到新村村来得太对了，既帮助新村村脱贫摘帽，又让自己"脱单"。刘昶和王丽敏并肩走在乡间小路上，夕阳把他俩的影子越拉越长。凝视天边绚丽的晚霞，刘昶深情地向王丽敏许诺：待到新村村同全国人民一起迈入小康社会之日，便是你我执手共老之时。

29 脚下有路·心中有志·生命有光

"鸟吃等食定会饿死，人不勤劳穷一辈子"，泰来县平洋镇平洋村"百姓创业之家"墙上的一条横幅格外醒目。

乔福军5岁时摔伤导致骨膜受损，胸背部出现严重畸形，成为四级残疾。妻子刘宇佳患先天性软骨病，二级残疾，腿骨极易骨折，行动离不开拐杖。父亲是盲人，一级残疾，母亲患乳腺癌，家境十分贫寒。

泰来县是著名的江桥抗战发生地，也是黑龙江省列入大兴安岭南麓集中连片特困地区的11个县之一。平洋村人口有835户，其中建档立卡贫困户123户，因病因残致贫超过60%。

乔福军夫妻虽然干不了重活，但乔福军会开车。他买来一辆小货车，在齐齐哈尔市跑业务。后来，乔福军在泰来县江桥镇购买了3间房屋。可是，天有不测风云。2006年，他的母亲患了乳腺癌。

面对困难，乔福军表现得十分坚强。"那时，我还从平洋村贩西瓜，拉到江桥镇卖，挣点零花钱。"让他欣慰的是，2007年妻子刘宇佳生下健康的女儿，给这个家庭带来了欢乐与希望。

为给母亲看病，乔福军不得已把赖以栖身的3间房子卖掉，还了外债，开始租房生活。在12岁女儿乔欣怡的记忆里，这些年先后搬了四次家。

2009 年母亲去世后，乔福军带着妻女和双目失明的父亲，来到河北省廊坊市卖早餐。有一天大清早，两人骑的三轮车不小心翻了，豆浆、包子散落一地。从地上爬起来，看着起早爬夜辛辛苦苦换来的果实付之一炬，夫妻俩抱头大哭。

"我和妻子都有残疾，孩子又小，受的辛酸苦楚就别提了，也没挣到啥钱。" 2014 年，乔福军一家又回到平洋村。"那时候，没啥收入，住的地方也没有，真觉得日子过不下去了。" 乔福军哽咽着说。后来，村里给租了房子，他们才把生活安顿下来。

改变从 2015 年开始。通过个人申请，村组评议将乔福军识别为建档立卡贫困户。他看到了希望，主动找到村委会，要求谋生存，村组干

▲ 乔福军在细心工作

部和驻村工作队积极为乔福军出谋划策。

2016 年春天，乔福军被聘为泰来县残联专职委员，负责联系平洋镇的残疾人，每个月可为家里增加 700 元的收入。平洋镇共有 1000 多名残疾人，忙的时候，乔福军一整天都在外面，工资从最初的每月 700 元涨到目前的每月 1200 元。

生活有了起色后，乔福军没有躺在扶贫政策上继续"伸手要"。"驻村工作队、村干部等经常到我家宣讲政策，嘘寒问暖，我就想，我们两口子已经给大家添了不少麻烦，我年纪还不算大，多少还有点劳动能力，得自食其力，不能躺在党的怀抱里，嗷嗷待哺哇。"

为了增加贫困户收入，实行产业扶贫，泰来县从江苏省引进一家专门生产汽车饰品的企业，手工编织汽车坐垫的扶贫项目应运而生。2018 年 3 月，这家公司

▲　乔福军和妻子刘宇佳在手工编织车坐垫

在平洋镇举办手工编织培训班，乔福军夫妻都报了名。乔福军心想，这下可要把握好机会，我们两口子重活干不了，走路不方便，这个手工编织的项目就好像为我们家量身定做的一样。

"当时我们就憋了一股劲，暗下决心，不学拉倒，学就学好。"乔福军和妻子起早贪黑研究编织技术，手上磨了不少泡。作为第一批学员，夫妻俩熟练地掌握了编织技术，2018 年靠编织挣来 4000 多元。

乔福军不仅手工编织技术娴熟，而且脑子灵活、组织协调能力强。2018 年 5 月，被企业聘为手工编织基地管理员，每月工资 1000 元。他主要负责学员招收管理、手工编织教学、上下沟通协调，确保坐垫及时回收，工资按时发放。

乔福军当了"师父"。他这样激励别人："我一个残疾人都不服输，你们四肢健全还能服输?! 小车不倒只管推!"经他教会的"徒弟"达 30 多人，村民刘淑华就是一个。

"第一期培训没参加上，后来是乔福军教会的。他身残志坚，不向命运低头，我们都佩服他。"正在编织的刘淑华有个线头接不上，叫来乔福军，他很快就接上了。

2018 年 6 月，平洋镇投资 20 万元购买 140 平方米临街房屋作为手工编织基地，命名为"百姓创业之家"。作为管理员，乔福军一家搬进"百姓创业之家"，结束了租房生活。

"以前，屋子又小又黑，现在住得宽敞明亮，是我最喜欢的"，乔欣怡说。

2018 年，泰来县举办为期 8 天的"贫困残疾人实用技术培训暨巧女编织项目培训班"，乔福军当了主讲人。"摆脱贫困，首先从精神上与贫困绝缘，不等不靠。"乔福军把这当作"秘诀"。

在泰来县组织的"身残志坚，脱贫光荣"的演讲会上，站在台上的乔福军振臂一挥，骄傲地说："我于 2018 年光荣地脱贫了! 美好生活是干出来的。感谢党和政府搭建的平台，让我们残疾人也能靠勤劳的双手挣钱，实现人生价值!"

乔福军除发展手工编织以外，还发展起手工编织车坐垫的经营生意——回收成品的车坐垫，再面对市场卖出去，中间的差价也是一笔不

▲ 乔福军振臂一挥：我于 2018 年光荣地脱贫了！

菲的收入。他在村里还身兼其他职位，在生态补偿脱贫一批中，担任村里的生态护林员，每年可以增收 4000 元。

过去女儿上学的费用是乔福军一家的负担，现在每年女儿上学还会得到教育补贴 2000 元。这对他们一家人来说，别提多高兴。日子一天天好起来，生活越来越有奔头，乔福军三口人的脸上也露出喜悦的笑容。

2018 年家庭总收入 23119.6 元，人均收入 7706.53 元；2019 年家庭总收入 37000 元，人均收入 12333 元，从贫困到温饱再到小康，他感慨万千。

乔福军说："致贫的原因有千百种，但是脱贫致富最终还是要靠自己的勤劳苦干，千万不能有等、靠、要的思想。各级领导和爱心人士对

我的帮助之恩，我无以报答，只有用实际行动来证明他们没有帮错人！"

在乔福军夫妇的辐射带动下，平洋镇"扶贫车间"像雨后春笋一样，发展到现在的 6 个，带动就业 191 人，其中贫困人口 57 人、残疾人 18 人，实现人均月增收 600 元。

越来越多的人加入编织队伍。平时大家在一起都要比一比谁编得快，谁编的质量好；发工资是大伙最快乐的时候，都晒一晒谁这个月挣得多。乔福军经常告诫车间工人的一句话是："摆脱贫困，要有智慧和志气，不能躺在扶贫政策上继续伸手要，不能完完全全地依靠党和政府救济来生活，要靠自己的现有条件谋求一个致富门路。"

通过产业带动、个性化帮扶等举措，让贫困户树立起自力更生、勤劳致富的信心，为贫困户走出贫困、不返贫和增强后续巩固提升动力奠定了坚实基础。

30 贫康保以何奔小康

康保县地处河北省坝上西北部，属燕山—太行山集中连片特困地区，是国家级扶贫开发重点县。

康保"贫"在何处？一是贫困规模大、程度深，结构性贫困突出。全县建档立卡贫困人口中，因病致贫占 30.9%，因年老无劳力致贫占 28.95%，因残致贫占 12.48%，三项累计高达 72.33%。二是人口流失严重，空心化程度高。农村青壮年劳力举家外出，农村"空心率"达 70% 以上，常住人口仅仅 6.3 万，留守人口平均年龄 67 岁，群众形象称"房堵窗、户封门、村里见不到年轻人"。三是自然条件较差，生态环境脆弱。气候高寒干旱，年均气温 2.1℃，降水量 300 毫米，无霜期仅为 97 天，旱地占耕地面积 86%，亩均效益不足 100 元。四是经济发展落后，产业脱贫难度大。康保区位闭塞，交通不畅，招商引资难度大，全县无大中型工业企业。

面对相同的目标时间和不同的起点条件，贫康保以何奔小康？

成绩斐然，数字为证。2013 年康保县有贫困村 165 个，贫困人口 8.8 万人，贫困发生率 36.04%。6 年来，全县农村人均可支配收入由 2013 年的 5271 元增长到 2019 年的 11210 元，年均增长 13.7%；8 万多人口

摆脱贫困，贫困发生率下降至 0.69%，所有贫困村全部达标退出，顺利实现户脱贫、村出列、县摘帽目标。

抓党建促扶贫，打赢脱贫"翻身仗"

抓好党建促脱贫攻坚，是贫困地区脱贫致富的重要经验。康保县抓党建促扶贫，以前所未有的决心和脱胎换骨的作风向深度贫困发起总攻。

压紧压实脱贫责任。落实"三级书记抓扶贫"责任制，发挥各级党组织战斗堡垒作用。县级成立产业扶贫、易地扶贫搬迁等 10 个专项攻坚小组，乡镇设立 4 个脱贫专班，各级干部将全年目标分解，挂在办公桌前，做到"抬头见任务、使命记心中"。

选优配强脱贫队伍。选派 393 名机关干部驻村帮扶，7271 名干部与贫困群众结对，实现驻村帮扶、领导联乡、干部到户"三个全覆盖"。提拔重用 137 名长期值守扶贫一线干部，20 名县直部门优秀干部到乡镇一线任职，村"两委"班子换届配强，激发党员干部干事热情。

强化制度机制建设。把"按制度办事、靠制度管人"贯穿脱贫攻坚全过程，立足县情实际，研究出台《扶贫工作调度制度》《扶贫资产监督管理办法》《农村扶贫公益岗位管理办法》等多个制度办法，推动扶贫工作规范扎实开展。

狠抓干部作风建设。广大党员干部"5+2""白加黑"，担当苦干、砥砺奋进，通过"有霜期抓前期，无霜期抢工期"等超常举措，把诸多不可能变为可能，多项工作走在省市前列。2018 年顺利通过年度省考国考，在全省扶贫成效考核中进入"好"的行列，打赢脱贫攻坚"翻身仗"。

▲ 满德堂乡王达地村乡村光伏扶贫电站

强弱项兴产业，激活脱贫"新动能"

康保县立足"首都两区"定位，发挥风光资源、土地资源、生态资源"三大优势"，构建光伏、特色种养、土地流转、生态建设"四位一体"的增收体系，筑牢产业支撑，拓宽增收渠道。

突破守着金饭碗讨饭吃的思维定式，把光伏产业作为产业扶贫的支柱产业。近两年来，累计投入4.76亿元，建成光伏扶贫电站18.3万千瓦，年实现收益1.15亿元，带动2.2万户贫困户实现增收，195个贫困村实现光伏扶贫全覆盖，带动1.7万贫困群众稳定增收。

一个项目辐射一片，一个产业带富一方。累计整合3.97亿元，与乾信牧业、嘉康农业等12家农业龙头企业合作经营，通过资金入股、资产租赁等利益联结机制，带动20650户贫困户稳定增收，形成全产业链肉鸡加工、脱水蔬菜调料包、箱包制作出口等特色产业。

同步推进生态建设与脱贫攻坚纵深发展，建设百万亩草原牧场和柠条生态林基地。打造运动、艺术、养生、美食四条草原旅游线路，连续举办遗鸥摄影周、草原国际马拉松等生态旅游活动，探索"旅游＋扶贫"新模式，带动贫困群众多渠道增收。

研发智能就业服务系统，帮扶转移就业5800多人次。设立公益岗

2.2万个，选聘护林员3600名。扶持扶贫车间16个，吸纳2070名群众家门口就业。实施林业生态工程53.8万亩，带动2241名贫困群众增收。引进善能生态集团生物质电厂，土地流转年收益360万元，惠及贫困户1万多人。

挪穷窝拔穷根，干出脱贫"加速度"

康保县如期完成110个自然村、29315人的易地扶贫搬迁任务。搬迁规模如此之大、任务如此之重，何以走在全省前列？

坚持规划引领，从解决搬迁谁、往哪搬、如何搬等问题入手，统筹考虑城乡融合发展、产业园区集聚、基础设施和公共服务配套建设，坚持以县城安置为主、中心集镇安置为辅，集中建设、集约共享，在县城经济开发区附近建成占地543亩，电梯楼95栋，建筑面积52.05万平米，安置94个村20111人的集中安置区。

▲ 嘉康食品有限公司脱水蔬菜生产车间

出台《重点建设项目审批联席会议制度》，实现搬迁项目、一次会议、多个部门、集中审批，仅用1个半月，完成县城集中安置区的前期手续。优化施工程序，二次结构同步实施，6个月建成6237套

49 万平米楼房，创造"当年开工、当年竣工、当年入住"的康保"加速度"。

通过产业就业两手抓，确保搬迁家庭至少一人实现稳定就业。在县城安置区，依托经济开发区入驻的 20 家企业，构建"三公里就业服务圈"；引进 2 家劳务派遣公司，带动搬迁群众通过季节性务工实现增收。在 50 户以上集中安置点，全部配建特色种养大棚和园区，确保有劳动力和就业意愿的群众全部实现就业。

坚持"搬迁群众到哪里，党的组织工作就覆盖到哪里"的原则，在县城集中安置区成立党工委，建立起楼长管楼栋，组长管单元的网格化党建体系。安置区内设就业、便民、医疗、物业四个"服务中心"，做好易地扶贫搬迁"后半篇文章"，确保贫困群众搬得出、稳得住、快融入、能致富。

补短板夯基础，构建脱贫"硬支撑"

整合人力、物力和财力集中攻坚，统筹贫困村和非贫困村"双基"建设，实施"两不愁三保障"百日攻坚，完成住房、改厕等 7 大类 170 多项"双基"建设工程，补齐农村人居环境短板。

2018 年以来，规划实施省县乡村四级道路 1221 公里，1059 公里道路全部竣工通车，实现乡乡通柏油路、村村通水泥路、主街道都有硬化路。

逐村逐户鉴定核实，对 7696 户"四类人员"危房户，按照户均 3 万元两间房标准实施新建；对非"四类人员"危房存量户，通过周转房安置、入住互助幸福院、租赁安全房、以奖代补修缮等方式解决。为保

▲ 康保县城易地扶贫搬迁集中安置小区

障住房建设质量，全面推行专业监理、审计监督、部门监管、群众监督"四个监督"。各村成立村民监督委员会，乡镇聘请监理，全程监督危房改造，并实现全覆盖式验收，在村常住人口实现危房全部清零。

两年新打机井222眼，安装水电配套设施241台套，完成163个贫困村和129个非贫困村饮水安全巩固提升工程，群众喝上放心水。改造新建输电线路819.6公里，326个村全部实现网络全覆盖。

兜底线促振兴，织密脱贫"防护网"

天地之大，黎元为先。组建家庭医生服务队，开通村级卫生室医保刷卡系统，群众不出村就能享受到优质健康服务。投资7500万元实施朝阳希望小学等工程，全面落实"两免一补""三免一助""雨露计划"政策，享受政策学生2.5万多人次。落实社会救助政策，全县低保保障率提高到 11.88%。筹资 800 万元设立"精准防贫保险",对重大支出型贫困群体及时救助。

思想不脱贫,一切等于零。持续开展"敬老孝亲""脱贫示范户"等评选活动,全县培树评选出百名典型;行政村建立孝善养老基金和"党爱超市",构建起"人人皆愿为、人人皆可为、人人皆能为"的扶贫格局。推行移风易俗、破除红白喜事大操大办、奢侈浪费、随礼攀比、厚葬薄养陋习,促进扶贫扶志扶智与净化农村风气相结合。

孤举者难起,众心者易趋。对外广交朋友,构建社会关心支持康保的大扶贫格局。省直部门拨付资金用于"廊坊—新奥·康保协同创新示范园"建设等项目,省农行累计投放 3.9 亿元贷款支持康保扶贫产业。中国联通公司实施光伏发电等扶贫项目 27 个,发起百名博士、百名企业家进康保的"双百工程"。中国宏泰发展协同长江商学院与康保签订人才培养计划,以及建设航空产业园框架协议。县人民医院、土城子镇卫生院,与北京清华大学附属垂杨柳医院实现远程会诊。

战贫困,三支队伍一股绳;奔小康,三大平台聚心力。在农村建立"小红帽""黄马甲""白大褂"服务群众三支队伍,"大喇叭""公开栏""二维码"联系群众三大平台。康保县以基层党建为引领,扭转以往不敢管、不会管、管不好的被动局面,健全完善自治、德治、法治"三治融合"的现代乡村治理体系,为乡村振兴提供制度基础和重要保障。

31 农牧民"乐成"城里人

叶城县地处新疆维吾尔自治区西南部，辖 26 个乡镇（区），总人口 55 万人，是一个以农业为主、农牧结合的农业大县、畜牧大县和林果大县，也是我国西部边陲的军事重镇及国家扶贫开发重点县和边境县，边境线 102 公里。该县是全疆 35 个贫困县之一，也是 22 个深度贫困县之一。深度贫困乡镇 11 个、贫困村 185 个，建档立卡贫困人口 37187 户 160694 人。2014 年至 2019 年累计脱贫 34772 户 152673 人，全县贫困发生率由 2013 年底的 33.89% 降至 1.87%。

为破解南部山区乡镇地质灾害频发、生态环境脆弱、脱贫攻坚难度大的问题，在上海市宝安区的对口帮扶下，叶城县牢牢把握易地扶贫搬迁这一重大历史机遇，将易地扶贫搬迁作为政治工程和民生工程，高位推动、积极探索、精准施策。对土地贫瘠"一方水土养不好一方人"、自然灾害易发、频发区域的棋盘乡、柯克亚乡、西合休乡、乌夏巴什镇 4 个乡镇 56 个行政村的 6835 户 29841 人实施易地扶贫搬迁。截至 2019 年 10 月 25 日，叶城县计划内搬迁群众已全部完成搬迁入住，标志着"十三五"期间喀什地区乃至全疆规模最大的易地搬迁工程圆满收官，实现了群众搬得出、稳得住、有事做、能致富的目标。

易地扶贫搬迁工程实施以来，搬迁农牧民群众生产、生活发生了翻天覆地的变化。当来到中泰物流园、阿克塔什农场、城区易地扶贫搬迁安置小区，能够切身感受这可喜的变化。安置区幼儿园、小学、养老院、卫生所、文化活动室、超市和饭店应有尽有，居民们穿着时尚，说笑声不绝于耳。幼儿教育、九年义务教育全免费，高中也免费。卫生条件明显改善，用上了自来水，看上了电视。每周一早晨，迁入新区的群众举行升国旗仪式，从白发苍苍的老人，到上班的青壮年，大伙儿都积极参加。看到鲜艳的五星红旗徐徐升起，村民们心中也升起对美好生活的新希望。这些从昆仑山深处搬迁出来的农牧民，开始了祖祖辈辈都不敢想象的城里生活，并在新天地放飞着崭新的梦想。

玉赛斯新村牧民赛甫丁·努尔 10 多年前眼睛几乎失明，妻子在泥石流发生时遇难，房屋冲毁了。他家现有三口人，20 岁的儿子在小区卖烤肉，17 岁的女儿在喀什市上中专。他一家人住在 50 多平方米的安置房里，家里沙发、茶几等物件摆放得井井有条。"县政府还发给我家房屋产权证，儿子拿 6000 元把家装修得像婚房。"赛甫丁的女儿阿尔组古丽·赛甫丁说这话时脸上挂着笑容。"我们那个时候一搬进新房，大到电视机、液化气灶，小到锅碗瓢盆、纸巾等日常生活用品应有尽有。"阿尔组古丽说，"村社区干部手把手教我使用电视遥控器、液化气灶点火程序、防盗门锁的开启等。现在，我们对这些东西都能熟练应用！"

在赛甫丁居住楼房不远的一家门店叫"叶城县美丽家园烤肉店"，就是赛甫丁的儿子阿依麦提·赛甫丁经营的烧烤店。到了中午时分，来店吃烤肉的居民络绎不绝。"每天卖两只羊的烤肉，高峰时能卖 3 只羊。"阿依麦提说，"我现在最大的愿望就是给我爸找个老伴。我家发生的变化，都是共产党给的，从受灾牧民'变身'城里人，我们赶上了好时代！"

▲ 贫困户吾加木尼亚孜·亚库甫家的安置房

在县城南环 C 区居住的棋盘乡阿孜干萨勒村 65 岁的牧民吾加木尼亚孜·亚库甫和 58 岁妻子吐汗·肉孜，2018 年 7 月搬迁到小区，住进 50 多平方米的安置房。搬迁仅一年多，他家的生活就发生巨大变化。搬迁进城后为改善家庭生活，吐汗·肉孜主动在县城建筑工地找活做小工至今，由最初的日挣 50 元、60 元直至现在的 100 元。"老头子身体有疾病不能干重活，我就把看管两岁孙女的事交给他管。再说，住进这漂亮、明亮的楼房，在家里待着也不是一回事。"吐汗·肉孜谈起当初的想法时这样说，"看着别人家搬过来，早上就炒菜吃馍馍，中午也是炒菜吃米饭，把原来主食馕当成副食点心，我心里就痒痒。我家是建档立卡贫困户，我要主动脱贫。党的政策这么好，只要你勤劳就能挣上钱！"由于吐汗·肉孜在脱贫攻坚工作中积极主动寻求脱贫，被村党支部、村委会评为先进个人。

说起棋盘乡搬迁到县城南环 C 区的依迪热斯·吾加木尼亚孜，安置新区的村民都知道那是一名拄着拐杖进进出出、骑着摩托车来来往往、随时随地都是笑笑眯眯的残疾人。五岁时,他摔断右腿,老天爷为他关上一道门却没给他打开一扇窗,2016 年他又在一次摩托车交通事故中伤了左腿。如今 38 岁的他,没有因为常年的残疾而向党委、政府等靠要,没有因为意外的打击失去对美好生活的追求。搬迁进城后,他开起修理铺、电焊铺,在"火花四溅"的电焊职业中依靠双手开拓脱贫致富的"星光大道",成为修车同行口碑中的"好邻居"、大车司机夸奖中的"好师傅"、包户干部评价中的"好居民"、村民致富效仿中的"好榜样"。

搬迁是手段,能致富是目的。为使搬迁群众安心融入新区的生产生活,实现就近就地就业、增收、致富的目标。叶城县多措并举,积极谋划后续扶持产业,利用易地扶贫搬迁结余资金配套建设畜牧养殖园区、产业园区等后续扶持产业设施。发挥县城、小城镇、物流园安置区的区位优势,鼓励和支持搬迁群众自主创业,落实创业就业扶持政策,从事农副产品营销、餐饮、家政、物流、配送等服务业;通过大力开展技能培训和劳务输出工作,鼓励和引导搬迁群众向工业企业、商贸物流等二、三产业转移就业。截至目前,16 个安置区(点)有劳动能力的家庭 6227 户,已实

▲ 就近就地进厂务工的搬迁群众

▲ 阿克塔什安置区一景

现稳定就业 7731 人，其中一产就业 1847 人、二产就业 2540 人、三产就业 2190 人，政府购买公益性岗位 464 人、自主创业就业 690 人。

为确保易地扶贫搬迁工程经得起历史、实践和群众的检验，叶城县对标"两不愁三保障"标准，彻底解决他们居住难、行路难、用电难、吃水难、通信难、看病难、上学难等一系列生产生活中的实际问题。农牧民充分享受公共资源和公共服务，生活质量大大提高。

叶城县易地扶贫搬迁——阿克塔什安置区，位于县城东北部阿克塔什农场南侧，距县城 22 公里，距离洛克乡 13 村 2 公里，县道 X536 线自东向西贯穿安置区。该安置区分为北区和南区两部分，项目整体占地约 3150 亩，共计安置 3063 户 13395 人。其中柯克亚乡 1161 户 4765 人、棋盘乡 1594 户 7316 人、乌夏巴什镇 308 户 1314 人。

按照倡导新风尚、创立新形象、建立新秩序理念，将生活区与生产区分离，科学设计户型，杜绝发生住房面积超标或"一刀切"的现象。

安置点房屋户型设计在充分征求群众意见，尊重当地生活习俗及生产实际的基础上，严格按照人均最大不超 25m^2、"以人定房"的设计原则，设计 25 ㎡—80 ㎡面积不等的 5 种户型，安置房客厅、卧室、厨房、卫生间一应俱全，确保让搬迁群众住上安心房、舒心房。

32 "扶贫铁军"挺进大凉山

针对凉山彝族自治州脱贫攻坚面临的特殊困难和迫切需求，2018年6月，四川省选派5700多名干部组成11个综合帮扶工作队，分赴该州11个深度贫困县开展为期3年的帮扶工作。当地人喻之为："扶贫铁军"挺进大凉山。

金阳县城是大山半山腰的一块台地，四面环山，0.955平方公里的老城区容纳6万多常住人口，远超1平方公里1万人的国际通行标准。自然环境恶劣、产业发展落后、教育资源缺乏、文化生活匮乏……金阳县脱贫攻坚综合帮扶工作的队长杨文波说，"这里是一个与天斗与地斗的地方"。

横在初来帮扶队员面前的有"三大关"：语言关、饮食关、基建关。文武来自西南石油大学，被安排到新寨子村当驻村第一书记。"你肯定猜不到，我到村里的第一件事，是和小学生交朋友。"

他说，7月1日到村上，2日开始下乡走访，结果语言不通，连续几天竟然没和老百姓说上一句话。辗转难眠，直到脑海中灵感闪现，"孩子！学校要教汉语，学生肯定能和我交流。"从7月4日开始，文武每天守在村委会外面等着孩子放学，想方设法和他们交朋友。几天后，

▲ 扶贫干部韩松带领综合帮扶队爬山进村

全村的孩子成了他的向导和翻译,领着文武逐户走访。

虽然来之前队员已做好吃苦的心理准备,但现实的情况还是超过想象。"一天两餐和缺少蔬菜,队员时常是'矿泉水下冷馒头',要不就是'洗脸盆泡方便面',心理和生理都不适应,活了54岁却被吃难倒。"好在队员文革原在巴中市巴州区曾口镇农技站工作,就地发挥他的农技专长,将村委会上面的荒地开垦出来种植高山露地蔬菜。不但解决了"饮食关",而且带动几户村民一起种植。

"山上本没有路,羊马踩出的便道就是路。"文武说,刚到新寨子村时是雨季,出村的乡道经常塌方,村上的帮扶队员每次到县城培训,都要在山间徒步2个多小时。高峰乡舌觉村第一书记韩松是本地人,他说"稍微远一点的乡镇,开车起步就是2个小时,走路至少花5小时以上,更别说进村翻山越岭的时间。"

从舌觉村出发，需要在崎岖险窄的山路上爬行近 3 个小时才能到达高峰乡。工作队缺饮水，队员们就和乡机关干部一道，用人背、肩扛、马驮的办法，往海拔 2300 多米的山上运砂石砖块，自建蓄水池、接通输水管道。

　　8 月 12 日开始割草、耕地、翻土。

　　8 月 19 日开始秋蔬菜的栽种。

　　8 月 27 日至 31 日补栽补植。

　　8 月 19 日至 11 月 14 日，蔬菜的田间管理。

　　10 月 16 日举行秋蔬菜收割仪式。

　　10 月 19 日正式开始第一批秋蔬菜收割并售卖。

　　10 月 19 至 22 日，工作队义务帮村合作社在县城售卖蔬菜，累计销售近 2000 斤。

　　11 月 14 日，最后一批蔬菜销售结束。

翻开文武的驻村日记，有专门一页记录了新寨子村 2018 年通过"以购代捐"发展蔬菜产业的情况。

"到深贫县啃'硬骨头'，一定要找到产业上的'带头人'。"来到这里后，杨文波发现金阳县跟自己原先工作的沐川县有相似之处——农业林业资源比较丰富，种植业有一定的基础和规模。因此，他觉得可以把之前"摘帽"成功的经验移植过来。首先在当地找致富带头人形成示范带动效应，改变当地靠天吃饭的种植现状。随后培育新经济模式，采取"公司 + 合作社 + 农户"等模式，建立产业发展与农户增收关联机制，确保村民增收。

▲ 扶贫干部文武和新寨子村民一起收割大白菜

　　这一思路得到队员们的积极响应。新寨子村地处高寒山区，平均海拔近 2400 米，非常适合发展高山蔬菜。为壮大村集体经济和实现村民持续增收，8 月以来，文武带领队员以村造林专业合作社为依托，示范种植约 50 亩大白菜，并与对口帮扶单位西南石油大学达成协议，成功解决大部分大白菜的销路问题。

　　到了收获季节，漫山遍野的大白菜，郁郁葱葱，长势喜人。但村里青壮年外出务工，在大白菜的收割上却犯了难。文武第一时间向县综合帮扶工作队带队领导反映情况，对方立即协调县消防中队派员支持，10 月 21 日清晨，10 余名消防官兵在县委副书记、综合帮扶工作队副队长李泽波带领下来到新寨子村帮助收割。

"要是没有工作队贴心的帮助，今年的大白菜不知道要卖到猴年马月。"新寨子村支书李木史清说起这次合作，感触很多。2018年，新寨子村销售秋蔬菜7万余斤，为村集体经济多增加3万元收益，每户贫困家庭多了300元的分红。

距离县城较近的马依足乡迷科村，早在几年前就确立以乌洋芋作为村里产业发展的核心。然而，苦于落后的种植技术和销售渠道，"迷科乌洋芋"的品牌一直没能打响。帮扶队到位后，制定出以集体经济合作社为载体、以电商为平台的产业发展战略。

"小到洋芋的窝距要请种植专家精确到厘米，大到让迷科乌洋芋作为凉山州唯一一个集体经济合作社产品，参加成都的农博会，这支帮扶队给我们村带来了立体式的帮助。"迷科村90后村支书吉克日者说。在工作队来之前，村里的乌洋芋零售价格在2.5至3.0元一斤。品牌打响后，乌洋芋网购价格涨到6.0至8.0元一斤。2018年，迷科村集体经济总收入达80余万元。

目前，金阳县105个村建起集体经济产业、农民专业合作社达388个，龙头企业5个，家庭农场310个，新型农业经营主体茁壮成长。

时间可以让人熟悉一切。半年过后，不仅工作队成员渐渐融入当地，而且来了几位"后援"。

热柯觉乡东风村第一书记杨长军的妻子常年体弱多病，一为方便照顾，二来妻子可以利用村小的厨房给孩子做饭。两人一商量，干脆妻子也到村里来，两口子成为远近闻名的"驻村夫妻"。

来自内江的对坪镇中学帮扶教师卿桃有，也将70多岁的老母亲接到脱贫攻坚的前沿阵地。"带领家人一起走在脱贫攻坚的路上"，成为工作队里一道亮丽的风景线。

山高路远，更加重任在肩。很多工作队员两三个月才能回家一次，一些队员更是亲人生病也无法赶回家照顾。脱贫事业的使命感和责任感，将队员们"钉"在这里。同志间并肩艰苦战斗的情谊，将大家紧紧"拧"在一起。

"以前他是我领导，要叫杨书记，现在是一个队伍的战友，叫杨队长，感觉关系更近了"，来自沐川县扶贫局的张志华说。包括杨文波在内，工作队里有7名队员来自沐川县，分别在财政局、公安局、扶贫局等部门挂职。

"确保凝心聚力，才能持续用力。突出专业优势，才能发挥最大效能。"工作队里50人具有一技之长，分为产业发展、项目规划等类别，成立综合帮扶专班，根据阶段工作重点，对全县1000多名帮扶队员开展"菜单式"培训。目前，在全队开展培训1500余次，帮助队员解决实际困难和问题58件。

"李老师，羊儿得了寄生虫病咋办？"在一次县级培训会上，得知李勇平是来自武胜县的畜牧养殖专家，韩松马上找到他取经。李勇平正愁如何同队员打成一片，一听到提问马上来了精神，就养羊技术交流了半个多小时。

一天，杨文波特

▲ 扶贫干部王勇与农户一起种植乌洋芋

地走到文武身边说："你们新寨子村的队员年龄偏大，有什么困难要及时说。"

文武说，"没想过生活困难的事情，就是还有好多摸底和可行性研究没做，每天想的都是怎么谋划产业。"

"第一步是把蔬菜基地变成看得见的产业，能有一定规模和经济收入，让老百姓看到希望；第二步重点教育村民养成好习惯、形成好风气，为当地培养一支带不走的农业技术队伍；第三步在基层搞好法治建设。"经过一段时间的观察和前期实践，文武和队员为新寨子村初步拟定3年帮扶工作"三步走"计划。

工作队的想法得到村民的认可和支持。"帮扶队来之前，我们都是靠天吃饭种土豆。文书记来了，为了能更好地教我种蔬菜，还找小朋友自学彝语，这一点我很感动。"来自哈诺觉姑组的莫可打博说。帮扶队给村子带来的，不仅仅是看得见的产业，还有看得见的另外一些改变。

为了让村民养成好习惯，形成好风气，文武和队员几乎每天都在村里转悠，和村民交流。莫可打博的邻居井力呷日就表示，"以前村上没有其他体育娱乐，工作队来了后，建了健身设施，还教我们做广播体操。"

工作队牢牢聚焦产业发展助增收、基层党建强堡垒、移风易俗添动力"三大主业"，细化县、乡、村三级帮扶工作队责任清单。驻迷科村的王勇把改变村民个人卫生习惯的工作思路写入手册，驻天地坝镇的周永华则组织镇上开办返乡青年座谈会、文艺晚会等活动……

冬季的大凉山，凉意正浓。而每一位"扶贫铁军"正如金阳山褶间的索玛花，待到春天一定会开出最绚丽的花朵。

33 "土豆西施"带头铺富路

　　渭源县素有"中国马铃薯良种之乡"的美誉。李晓梅作为甘肃省田地农业科技有限责任公司总经理、党支部书记和渭源县田源泽马铃薯良种专业合作社社长，是个家喻户晓的人物。这不仅她是个坐在轮椅上的"大老板"，还因为她的企业连着千家万户，带头铺富路，誓作一名依托马铃薯产业带领群众增收致富的"领头雁"，被当地老百姓亲切地称为"土豆西施"。

　　李晓梅从事过基层卫生院临时医护工作，开办过个体医疗诊所，经营过中药材饮片加工企业，当过中药材协会负责人，最终成立起专业合作社……一路走来，她成为一名固定资产近亿元、年销售额5000多万元的企业家。

　　面对艰难困苦，懦弱者被磨去的是棱角，勇敢者却将意志品质磨砺得更为坚毅。正当事业蒸蒸日上、干得如火如荼的时候，李晓梅开车去广东跑市场的途中发生车祸，飞来横祸夺走她的双腿，造成高位截瘫。突然降临的灾难，让她曾经痛苦过，甚至绝望过，但生性好强的李晓梅没有灰心丧气，面对残缺的生活，她像傲雪寒梅一样不甘于命运的安排。"我不服输，还要做得更好，让更多的人受益"，这是一个强者的内

心自白。经过这一次劫难,李晓梅笑对挫折、心怀梦想,用柔弱的肩膀担负着带领农民奔小康的重担,思考的是如何带领乡亲们致富奔小康?

一直以来,李晓梅总在寻找更适合自己创业的路,也总在思量有更多的农民走上致富之路。"当初发展马铃薯产业,就是想借助我们渭源县是马铃薯良种第一县,马铃薯是支柱产业这个优势,用我们和科研院校的力量,去改变当地马铃薯品种退化的问题,让洋芋蛋蛋变成金蛋蛋,让种植户有效地增产增收",李晓梅坚定地说。

李晓梅创建的甘肃田地农业科技有限责任公司,致力于马铃薯良种生产与繁育。目前,公司建成综合办公楼两栋,组培楼一栋,PC中空板组培温室 2600 平方米,智能连栋温室 23000 平方米,马铃薯原种贮藏窖 2 座,气调库 1000 平方米,马铃薯原种繁育日光温室 120 座,原种网棚繁育基地 1000 亩,原种高山隔离繁育基地 3000 亩,一级良种繁育基地 2000 亩,年生产脱毒苗 1.2 亿株、原种 1.9 亿粒、原种 5000 吨,良种 5000 吨。

积极响应国家马铃薯主食化战略,带领企业以贫困户脱贫为核心、以做强做优做大马铃薯产业为支撑、以延长产业链壮大龙头企业为载体,在渭源县工业园区投资 4.85 亿元建设马铃薯文化博览苑项目;并先后与省内外科研院所、高等院校联手,开展院企合作、校企合作,建立起科研示范研发基地。通过研究新品种、推广新项目,开发生产当地马铃薯方便食品,引进四川白家食品有限公司,建设马铃薯方便食品生产线项目,走出了一条科技创新发展之路,提升了定西市乃至全省马铃薯商品薯、脱毒种薯的品质。目前,企业生产的"来点土豆"牌系列方便食品已成功上市。这不仅填补了渭源县马铃薯方便食品的空白,还解决了当地剩余劳动力 200 余人长期稳定就业和 1200 多名临时务工人员就业，每人每年约 30000 元收入。

2015 年 4 月开始，李晓梅还与国际马铃薯中心合作，成立国际马铃薯中心亚太中心渭源工作站，开展马铃薯种质资源、新品种选育、技术推广、产品加工和高产栽培技术等方面合作交流，让不断蜕变的"洋芋蛋"变成含有高科技的"金蛋蛋"。

"一枝独秀不是春，百花齐放春满园。"在深度贫困县上下齐心脱贫攻坚的这几年里，李晓梅带领团队积极探索脱贫助贫机制。

多年来，李晓梅坐轮椅到田间地头，向贫困农户推广马铃薯良种种植，每年带动 2500 多户农户，其中建档立卡贫困户 456 户，以及 8000 个合作社会员户均增收 5600 多元，解决当地就业 1000 多人次。公司吸纳当地 500 多人长期稳定就业，年季节性用工量达到 15000 人

▲ 李晓梅查看刚刚收获的原种

次。李晓梅坚持为农户免费投放马铃薯良种、引进各大院校专家开展技术培训、给予群众资金支持，并按照高于市场价 10% 的价格回收，成为当地带贫力最强、解决就业人数最多的企业之一。通过多方联系将马铃薯良种运往全国各地，提高当地马铃薯的市场份额。2019 年，李晓梅又在临夏州东乡族自治县建设马铃薯良种基地，推进马铃薯良种化繁育、标准化种植、精深化加工、品牌化营销，带领合作社发展马铃薯产业，带动贫困户脱贫致富。所有这些举措，不仅带动了群众增收，而且为把马铃薯产业做强做优做大、做成品牌奠定了科技和理论基础，是渭源整县脱贫摘帽进程中的一剂"催化剂"。

作为农民朋友发家致富的带头人，李晓梅创新的企业+合作社+基地+农户、企业+扶贫车间+精准扶贫户、企业+金融+精准扶贫户、企业+产业+劳务、企业+服务平台+培训、企业+科研院所+基地+农户，以及开发当地马铃薯方便食品等产业扶贫的新路径新模式，让当地群众搭上发展致富的"远航艇"。

身为一个党组织培养关心成长起来的企业家，李晓梅感恩于党和政府、感恩于社会，始终热心于公益事业。她说："我深感做企业不是我自己一个人的事，是关系到千家万户老百姓致富的事。"

▲ 李晓梅到贫困户家中了解情况

在汶川大地震、玉

树地震、舟曲泥石流等自然灾害中，她先后捐款、捐送物资 30 多万元。为清源镇蛟龙村捐赠水泥 40 吨、免费投放马铃薯良种 15 吨，每年为 15 名未就业大学生提供就业岗位，为祁家庙乡农户免费投放马铃薯良种 40 吨，为全县五保户和低保户捐赠主食化产品价值 35 万元，为发展本地文化旅游产业捐款 50 万元。通过"进千村万户、扶贫奔小康"的扶贫行动，为当地 20 名残疾人提供就业岗位……李晓梅用实际行动传播着社会正能量。

公司员工汪学英说："因为有爱，她的人生更加美好，她的事业越做越大，她对我们每位员工可以说是'严管'，但我觉得严管就是厚爱。她对工作精益求精，从来没有因为身体的原因而放松对公司每一个细节的关注。她在以实际行动感动和影响着公司的每一位员工。"

"2018 年 9 月份，我受尼泊尔等国家的邀请，参加南亚 27 个国家的女企业家峰会。现在，我在不断地想办法、拿措施，争取把我们的优质马铃薯，包括马铃薯主食化的一些产品，能够有效地推广到'一带一路'沿线国家和地区，让他们一同分享这份成果。"李晓梅说这些话时，注视着远方的目光特别坚定。2019 年 10 月，国务院扶贫开发领导小组授予李晓梅"全国脱贫攻坚奖奉献奖"。

"天行健，君子以自强不息；地势坤，君子以厚德载物。"李晓梅身残志坚笃定追梦、崇尚实干奋力前行的步伐从未间断，不断实现着一个个人生梦想，践行着一名共产党员的入党誓言……

34 东平乘政策东风忙精准扶贫

"在扶贫的路上，不能落下一个贫困家庭，丢下一个贫困群众。"东平县位于鲁西南，西临黄河，东望泰山，下辖 3 个街道、9 个镇、2 个乡，正乘政策东风忙于精准扶贫。

吕凤廷，51 岁，商老庄乡大安山村人。累积欠下六七万元外债，被识别为建档立卡贫困户，尽早摆脱困境是他连做梦都想的事。

吕凤廷一家 3 口人，妻子腿部残疾，看病花费家中大部分积蓄，儿子上大学，家庭重担落在他一人身上。没门路，政府牵头联系；缺资金，政府帮忙协调；少技术，技术人员上门，各级的扶持救助政策像一股清泉滋润着吕凤廷的心田。

当地有一家规模化的菌业养殖公司，无论是管理还是技术都十分成熟，再加上领导的鼓励和支持，一下子点燃了吕凤廷的创业激情。2019年，他家种植 5 亩地的木耳，从菌包下地、灌溉管理到木耳采摘、集中收货，吕凤廷都精心管理，细心呵护。快到木耳收获的时候，老两口干脆把铺盖卷搬进田间地头的小屋里，看着亲手养殖的木耳一天天成长起来，他们脸上的皱纹也慢慢舒展开来。

▲ 吕凤廷向种植大户学习木耳分拣知识

吕凤廷盘算着说：一个菌包能产木耳一两二，一亩地一万袋菌包就能产到一千二百斤，2019年木耳的产量又创新高，木耳价格虽然低点，但一亩地纯收入还能达到3500元左右。从产量到收益，他对木耳种植的成效都很满意。

吕凤廷面朝黄土背朝天劳作了大半辈子，从没想过自己有一天会成为老板，会有这样一份产业。他计划着2020年再扩大种植规模，还上多年欠下的外债，鼓起腰包过上扬眉吐气的好日子！

吕凤廷种植木耳不但使自己走上脱贫致富的路，而且帮助其他贫困户一起增加收入。木耳丰收的时候，人手不够，他就雇上十几个人采摘木耳，其中7人是贫困户。有人问吕凤廷种木耳有什么心得时，他说：我感觉自己很有成就感，用心投入就会有回报，找到了致富的门路，咱

想着怎么脱贫啊，就从这个产业上脱贫。

赵宝忠，年近五旬，州城街道北门村人。14 岁时因患骨癌右腿高位截肢，现与 83 岁母亲相依为命。他身残志坚，实现脱贫目标。

由于父亲早年去世，赵宝忠早早便挑起家庭生活的重担。腿脚不便的他，在年轻时学会了修鞋、补鞋的技术。近年来，随着修鞋、补鞋的人少了，他每天收入 3—5 元，生活清苦。2015 年，赵宝忠一家被纳入建档立卡贫困户。

2016 年 3 月，县派第一书记程振宏来到该村，对贫困户开展帮扶。他发现，赵宝忠性格开朗、积极阳光、坚强、不怕吃苦，除了会修鞋补

▲ 社会各界人士积极帮助赵宝忠卖扇子

鞋，还会编织蒲草扇子。有这么多的手艺可以致富奔小康，却为何受"穷"所困？为何蒲草扇子编得好却卖不出去，补鞋技术认可却无本钱开店，循环往复以致越来越穷？

原来，不缺技术缺路子，是阻碍他发展的一大瓶颈。找准致贫症结，方可因贫施策，精准发力。针对赵宝忠的实际情况，程振宏与州城街道和上级帮扶领导协商，决定发挥社会爱心组织的力量，通过互联网进行"叫卖"蒲草扇。2017 年，在东平生活网志愿者协会的帮助下，他通过网络销售蒲草扇子 200 余把，短短几天收入近 3000 元。

一个偶然的机会，程振宏和村干部发现赵宝忠正在给一位年长的老人免费理发。看到这，他们商量既然赵宝忠会理发，为什么不能把这个"顶上功夫"做成养家糊口挣钱的买卖，帮他开一间理发店呢。

决定既出，程振宏立马与赵宝忠商量。苦于没有本钱，赵宝忠犯了难。程振宏与县武装部负责同志联系，说明情况后，县武装部立刻支持，并承诺将刮脸刀、电吹风机、热水器、美发椅等理发器材一周内给他配齐。看到各级部门的热心帮扶，与赵宝忠搭邻居的一位退休老师深受感动，伸出援手，免费为赵宝忠提供一间沿街店面。就这样，在社会各界人士的共同努力下，赵宝忠的理发店很快开了起来，经营得有声有色。

作为一名残疾人，赵宝忠在创业的路上难免会遇到困难和挫折，但他不等不靠，用双手创造着属于自己的价值，诠释着生命的意义。"感谢党和政府点亮我心中的希望之火！我也想通过自己的行动，鼓励那些仍处在困境的残疾人朋友，人穷志不能穷，只要坚持，便会有收获。让他们从等待救助，变为自我帮扶，最终实现脱贫。"赵宝忠如是说。

赵乐强，44 岁，彭集街道苇子河村人。当年光荣参军入伍，并加入中国共产党。服役五年后复员回村务农，在一次事故中不幸造成下肢肢体严重损伤，腰部神经受伤。

"回想往事，真不想活了。"赵乐强眼里噙着泪花说，挂着拐杖的双手也微微颤抖，"真没想到啊，我还能活成今天这样，就像做梦一样。"

在交流中得知，他的情况引起村"两委"的高度重视，村支书张振平和其他村干部商议后，及时召开民主评议会议，按照程序，精准识别赵乐强为建档立卡贫困户。第一时间为他申请低保救助，帮他落实残疾人两项补贴，免交医疗保险金。政府出资为他办理扶贫特惠保险，实行先住院后付费，合作医疗二次报销。

有人说，赵乐强只要在家待着，仅凭政府兜底下半生也能衣食无忧，可他不愿听天由命。赵乐强说："我是一名军人，是一名党员，不能坐享其成，我要有尊严地活着，不能成为社会的负担！"街道包户干部张良和村干部被他的这种精神感动，积极帮助他寻找创业致富门路。经多方筹措资金，帮他开了一个副食茶行店。在他的精心打理下，生意一直不错，为稳定脱贫打下经济基础。2018 年，经人介绍，娶了聊城高唐的姑娘张宗香，建起幸福美满的家庭。

街道分管扶贫干部高军多次与民政残联部门沟通协调，尽最大努力为赵乐强争取一些相关政策和慰问品。他爱人也找到一份工作，现在小两口的小日子越过越好。赵乐强变得更乐观，不但带头支持村里的各项工作，还帮助其他贫困户解决一些力所能及的困难。

陈兆行，48 岁，梯门镇东瓦庄村村民。从小身高就矮于同龄人的

他，作为家中的顶梁柱，面对患有智力障碍的妻子，从来没有失去对生活的热情与信心。

"13年前闺女的降生，让我对生活不敢有丝毫懈怠，一个人又当爹又当妈地把她拉扯大，在闺女顺利升入小学后，自己白天终于可以踏踏实实地干些活了。"陈兆行回忆着往事说，"由于我的身体条件有限，又要照顾生活无法自理的妻子，我无法外出打工，只能在家干些农活。这时精准扶贫的春风刮进梯门，我的生活逐渐洒满阳光。"

村委会针对陈兆行一家的特殊情况，由村合作社对钱为他家建设两个大棚，并教会陈兆行种植蔬菜的技术。"掌握这门技术后，我似乎对生活更有动力，在大棚里常常一干就是六七个小时，到家吃两口饭回来接着干，终于功夫不负有心人，2017年我种的土豆、西红柿等蔬菜就纯挣近4万元，这是我万万没想到的，拿着这钱我为闺女买来新衣服和新书包，看到闺女脸上灿烂的笑容，这是我第一次感受到当爹的自豪感。"陈兆行兴奋地说。

"他种啥，我就种啥。他是党员干部，我跟在他后面干，准错不了！"陈兆行自信地说。原来，2017年3月东平县委组织部开展与寿光市结对子活动。东瓦庄村和寿光市文家街道桑家营村结成了对子，建起"蔬菜林果大棚示范园"。为了让村民放心，积极加入到大棚产业中来，村里组织党员干部带头到桑家营子学技术、回村包大棚。党员陈曰银学成回村后率先承包8个蔬菜大棚，并指导带动陈兆行开始种植。

孟现国，54岁，彭集街道王庄村人。因小时疾病造成下肢残疾，行动不便，丧失劳动能力被评为低保户，2014年被识别为贫困户。

孟现国的母亲王明兰，出生于1933年。他和母亲一个年过半百，一

个年逾八旬。当时家庭收入来源全靠一亩地和低保金，两项加在一块人均不超过 2300 元。自 2016 年起，生活开始有了转机，党的多项扶贫政策的实施，上级各级政府的帮扶，使得家庭收入明显增加。

孟现国虽身有残疾，但总想通过自身努力脱贫致富。王庄村县派第一书记方霞是个热心肠，经过多次家访得知他的想法后，心里就放不下。然而，万事说起来容易做起来难。由于孟现国身体条件受限，又没有什么文化，很难找到适合的工作岗位。考虑到孟现国自小心灵手巧、好学肯吃苦的优势，方霞经过多方协调，给他找了个修鞋补鞋的活。在征得孟现国的同意后，方霞主动帮忙联系购买修鞋补鞋所用的一切工具，吃住都安排妥当后又给他联系好老师。经过一个多月的学习，孟现国就能独立干活，收入慢慢地从每月几十元，逐渐增加到几百元。2016年，孟现国修鞋补鞋收入 2000 元，加上村扶贫项目收益，家庭人均收入突破 3000 多元。2017 年，他家庭人均收入突破 9000 元，实现家庭脱贫，走上致富路。

每当孟现国与他人分享脱贫致富经验时，他总是激动地说："我要感谢党和政府，感谢国家的扶贫政策，感谢方霞书记，是党和政府让我这个残疾家庭脱贫过上了好日子！"

35 真扶贫、扶真贫、真脱贫

"贫困之冰，非一日之寒；破冰之功，非一春之暖。"做好扶贫开发工作，打赢脱贫攻坚战，就要拿出踏石留印、抓铁有痕的劲头，发扬钉钉子精神，锲而不舍、驰而不息抓下去。西藏自治区农牧科学院第八批驻村工作队进驻边坝县以来，把开展精准扶贫工作，同开展"不忘初心、牢记使命"主题教育结合起来，真学实干、真抓苦干。引入单位农牧业研究成果，多方面协调人力物力，真扶贫、扶真贫、真脱贫，赢得当地干部群众广泛好评。

推广和引入成熟科研产品

引入青稞新品种，让村民增产增收。自治区农科院自主选育的"藏青2000"，抗逆性较强，丰产性很高，是西藏目前主推的良种。没有更换青稞品种之前，村里农户的产量约为300—350斤/亩；更换良种之后，青稞的产量已达到450—500斤/亩。这虽然没有达到青稞主产区日喀则市的800斤/亩的高产，但在本村增产效果明显，已达到42%—50%。

▲ 青稞新品种"藏青 2000"

　　引进脱毒马铃薯种薯，减少自发病害。当地过去没有或者很少种植马铃薯，即便种植的也是自留种且多年连续使用，种薯体内集聚较多内源病菌，种植后植株抗性低易发病，导致产量不高。以前，马铃薯种植户的亩产量在 3000—3500 斤。引进脱毒马铃薯种薯之后，亩产量达到4500—5000 斤，增产效果明显，为 42%—50%。

　　引入蔬菜良种，发展蔬菜种植。工作队购买调运 10 个种类的蔬菜良种，组织开展种植技术培训，让村民种出多种蔬菜。过去雄日村百姓吃菜难、吃菜贵、菜品单一等问题得到有效解决，多余的还可以外售增加收入。

　　引进抗性高、丰产性强的牧草种子——黑燕麦。针对边坝县冬季牲畜缺草料的实际情况，提供 3700 斤黑燕麦草种。2019 年种植之后牧草产量提高，与以前相比增产 35% 左右。

推广和传入成熟科研技术

　　为了更好发挥区农科院农业科技扶贫的优势，积极争取培训经费、协调农业领域各类专家组织开展技术培训。针对田间的具体操作，前期重点开展现场操作指导。同时，见缝插针，利用农牧民相对空闲，组织系统的理论学习和培训，运用理论知识指导实际操作，把真正的致富技术传到老百姓手中。

组织专家到边坝县拉孜乡的批果村、绕村、门贡村和雄日村，开展技术培训。培训的内容是蔬菜病虫害绿色防控技术，主要包括蔬菜育苗技术、温室蔬菜栽培关键技术、不同蔬菜栽培特点及标准化生产、露地蔬菜种植技术、叶菜类病虫害认知及防治。培训的方式是种植理论课及现场指导解决具体问题，中午利用幻灯片将技术理论和图片制作课件，在雄日村村委会集中授课，鼓励学员提问当场解答。

▲ 批果村培训现场

蔬菜育苗技术，是针对当地学员以往都是直接撒播和穴播，存在不少问题。介绍穴盘育苗技术，优点有省工省力，苗龄比常规苗缩短10—20天，提高劳动效率，减轻劳动强度，减少工作量；能节省种子和育苗场地；育苗成本低；没有缓苗期；穴盘中每穴内种苗相对独立，既减少相互间病虫害的传播，又减少小苗间营养的争夺，根系也能得到充分发育，提高育苗质量。

不同蔬菜栽培特点及蔬菜标准化生产，是针对棚内种植不同蔬菜栽培特点的具体种植措施方法，以期达到增产丰产的目的。

露地蔬菜种植，是针对拉孜乡棚外露地很少有蔬菜种植的现象，培训露地蔬菜栽培技术，以期达到扩大蔬菜种植的目的。

温室蔬菜栽培关键技术，是决定温室蔬菜栽培能否成功的主要技术。经过提炼突出重点，便于学员快速掌握操作实施。

叶菜类虫害认知和防治，是让学员认识危害蔬菜生长的害虫，如果蔬菜种植过程出现了，知道是什么在危害蔬菜，并对此采取针对性的防治措施。指导学员在温室的棚膜上开口制成腰窗便于通风管理，防治害虫。针对当地学员都有不喷施农药的风俗习惯，建议学员开棚后，利用杂草生火进行烟熏，驱赶害虫。

特别是针对绕村温室内出现蜗牛危害，结合当地学员都有不喷施农药的风俗习惯，建议学员利用自家户内的草木灰向菜叶上撒施，保持蔬菜叶片干燥，蜗牛喜欢潮湿环境自然会远离菜叶。通过物理方法可以解决蜗牛危害菜叶。食用时抖动蔬菜附着的草木灰，再清洗就可以了。

这次蔬菜栽培技术培训，学员们都比较专业化地掌握了蔬菜的种植知识，奠定了增产增收的技术基础，为打赢脱贫攻坚战注入了生机与活力。

开展非耕地利用和试验

抓工作，要有雄心壮志，更要有科学态度。打赢脱贫攻坚战不是搞运动、一阵风，要真扶贫、扶真贫、真脱贫，要经得起实践、人民、时间的检验。针对边坝县辖区内普遍存在大量荒山等非耕地，工作队还利用非耕地种植技术开展菊芋种植。试验研究探索荒山利用，这为开展脱贫攻坚提供试验理论支持。

脱贫攻坚战必须用攻坚战的办法打，关键在准、实两个字。只有打得准，发出的力才能到位；只有干得实，打得准才能有力有效。引进区农科院成熟的科研产品投入到实际生产上，开展技术培训让学员理解和掌握农业生产的先进技术，综合因素促使农业生产得到突破性增产，让当地农牧民切实有了收益，增强了他们的获得感幸福感安全感。

当前老百姓都愿意投入农业生产，对发展农业产业充满信心，对美好幸福生活充满希望。

36　山美水美人更美

今日之中国，呈现出一派山美水美大景观。山美水美的背后，是280多万驻村干部、第一书记。他（她）是一群更美的人，和群众想在一起、干在一起，用辛勤汗水和无私奉献甚至是生命打通精准扶贫的"最后一公里"，兑现着党向人民作出的庄严承诺。

江西修水县："最美丽的青春，永远定格在扶贫路上。"

这样的悲剧很罕见，但这样任劳任怨的基层干部不在少数。2018年12月16日下午，"90后"基层干部夫妇在访问贫困户途中车辆失控坠河。28岁的丈夫吴应谱，23岁的妻子樊贞子及其腹中两个月的胎儿不幸溺水遇难。

那天是周日，大椿乡干部樊贞子前往距离县城约3小时车程的船舱村入户调研。担心山路险峻，在复原乡雅洋村担任第一书记的丈夫吴应谱与妻子同行。二人返回县城，途经溪口镇易家湾路段时意外发生了。

樊贞子是乡里2017年招录的公务员，1995年出生。2017年11月7日，她和吴应谱登记结婚。樊贞子的家庭条件不错，是家中的"千金宝贝"。

她刚刚怀孕那阵，正好是扶贫工作最忙的时候，家人劝她换个工作。大椿乡党委书记晏少兵说，"她一直坚持工作，说关键时刻不能掉链子。"

樊贞子帮扶的大杨村，2019年实现了脱贫摘帽。"我们打心底里为他们感到骄傲。"提到妹妹和妹夫，姐姐樊英子激动难抑，"村民日子越来越好，是对他们最好的告慰。"

山西临县："我应该还能做得更好，我做得还不够好，我还要向战友们学习先进经验。"

2017年8月11日，高治国被委派到刘家会镇枣洼村任驻村第一书记。枣洼村？软弱涣散信访大村、激烈斗争矛盾纠纷村、历史上的刑事案件发生地村……

上任第一天，高治国到老主任家拜访，年逾花甲且听力微弱的老主任说："高书记，我劝你还是别来了，这个村好不了了，全县都对这个村头疼，你来了，能好了？"他入户走访每一户群众，细究研判，得出这个村的症结所在：基层干部队伍长期缺失，老主任年老体迈无法胜任村务工作，造成信访不断、软弱涣散的现状。

复杂情势，千丝万缕。先从健全基层班子做起，没有一个坚强有力的基层班子带领，就没有扭转颓势的可能性。本着公开、公平、透明的原则，成功选出新一届村"两委"班子。

班子健全，就思考如何解枣洼村信访问题。高治国入户走访当事人，把矛盾双方叫在一起，直面问题本质，对各方分析利害处，动之以情、晓之以理，在保持原则底线的基础上成功化解积怨多年的心结，双方握手言和，共同聚力脱贫事业。

彻底改变贫困村面貌，只有发展壮大村集体经济。高治国日思夜想，决定利用枣洼村漫山遍野的枣树林资源，主打枣花蜜。目前发展为近 200 箱蜜蜂，预计年产值可达 40 万元。

2017 年、2018 年，高治国连续被临县县委、县政府评为年度农村优秀第一书记，并授予劳模称号。这些荣誉没有使他骄傲，反而让他为脱贫奔跑的脚步不敢有片刻停歇。

河南修武县："固本需强基，扶贫先扶志与扶智。"

一段只有 14 秒的视频，却牵出一段感人至深的扶贫故事：一位老人动情地歌唱："母亲只生了我的身，党的光辉照我心……"老人名叫芦喜梅，视频拍摄者名叫石雪，修武县公安局驻西村乡圪料返村第一书记。一曲结束，芦喜梅拉着石雪的手说："俺唱这支歌，就是想感谢党、感谢政府对俺家的帮助。没有恁，俺真不知道这日子该咋过呀！"

2017 年，石雪在脱贫攻坚的关键节点，主动请缨到西村乡圪料返村任第一书记。该村位于修武县城西北部山区，建档立卡 142 户 503 人。初到村子时，有人说："公安局侦查破案是行家里手，脱贫攻坚能干点啥？派就派吧，还派来个女的，看着吧，肯定干不了几天就得走人。"石雪并没有因此气馁，更加下定决心，用实际行动改变村民对自己的看法。

扶贫必先扶志与扶智。石雪根据乡村振兴战略，细化积分管理办法。2019 年 3 月，圪料返村"警民爱心超市"开张，在这里购物得凭积分，如积 1 分可以"买"一袋食盐，积 100 分可以"买"一个电饭煲。

如何积分？根据"警民爱心超市积分管理制度"规定，村民改善种

▲   扶贫干部石雪开办警民爱心超市并为群众发放积分卡

植结构、开展帮贫活动、按规定倾倒垃圾、保持房前屋后干净整洁等行为，都可以获得不等积分。

"警民爱心超市通过积分奖励免费兑换的方式，引导群众积极发展生产、崇尚文明新风，为扎实推进乡村振兴奠定坚实的基础。"石雪说。

坚持开办"敏事夜习"课堂，每月1号、15号组织群众在村委会进行学习。村规民约等关乎群众日常生产和生活的课堂逐一开设，受教育的群众上自古稀老人下至孩童，形成人人参与、个个学习的良好氛围。

"一定要让村民的口袋鼓起来。"为帮助村子长远发展，石雪带领"两委"干部和村民代表，先后到三门峡灵宝、陕西咸阳、山西吕梁等地考

察，逐步确立"杂交构树产业＋精准扶贫车间＋光伏发电项目"的发展思路。

目前，投资 65 万元的 100 亩杂交构树已完成种植，预计每年可为村集体增加收入 17 万元。联系建成精准扶贫饰品加工车间，村民在家门口就能就业增收。投资 45 万元的光伏发电项目每年可收益 6 万元，成为贫困户脱贫增收的有力保障。如今，圪料返村贫困户仅剩 1 户 5 人，贫困发生率为 0.42%，摘掉了省级贫困村的帽子。

广西桂平市："我就不相信这满眼翠绿的小乡村会有这个'邪'？"

团结村属于下湾镇 8 个贫困村之一，贫困户共计 94 户，贫困人口 438 人。近年来，出现了"团结村不团结"的现象。刘伟来乡镇报到的第一天，镇党委黎书记就明确告诉他这个事。刘伟自信地说，我就不相信这满眼翠绿的小乡村会有这个"邪"？

村民中有一句顺口溜：支书想干不会干，主任会干不想干，兵长干干停停看，文书埋头默默干。刘伟到村后，看到这样的状况，并没有退缩。火车跑得快，全靠车头带。他协调几个村委干部的分工，激发他们干事的劲头。组织村中在家青年莫运全、莫枝添等参加各类活动，以活动促后备干部的培养。在"两不愁三保障"统计工作中，刘伟把驻村帮扶人分成四个组，分别协助四个分片村开展各项统计工作，大伙的工作态度有了积极变化，办事的效率明显提高。

做实事聚人心，提高群众向心力。刘伟多次组织村"两委"干部和工作队深入矛盾最集中的地方，解决群众最需要解决的问题。例如，向后盾单位争取 5 万元，用于全村最需要的树罗岭道路建设和主要路段路灯铺设等。

干群关系和谐了，如果帮扶村民有产业信托，鼓起钱袋子，团结村就有了团结发展的原动力。在"特"字上面做文章，打造中药材和芳樟树产业基地，实行村民合作社与专业合作、村民合作与公司共同注册公司等模式，创新村集体经济发展模式。截至 2018 年底，团结村的贫困发生率为 4.24%；2019 年 11 月底降到 1.7%。

陕西宁陕县："扶贫扶长远，长远看产业。"

宁陕是地处秦巴集中连片特困地区的国家级贫困县，全县建档立卡贫困人口 7149 户 20221 人，贫困发生率达 34.05%。作为扶贫局长，黄国庆常说："扶贫扶长远，长远看产业。"

宁陕拥有得天独厚的生态优势，如何扬长避短、深挖潜力是打赢脱贫攻坚战的关键？

"生态＋旅游"，把绿水青山变成老百姓的金山银山。黄国庆提出旅游脱贫要创出示范样板，牵头制定用地保障、金融信贷等项政策，总结建设核心景区带动就业脱贫、发展乡村旅游带动创业脱贫等四条路径，打造出社区性开发的"皇冠模式"、股份制开发的"漫沟模式"等，有2752 名群众参与到生态旅游产业发展中，带动 584 户 1806 名贫困人口脱贫。其中股份制开发的"漫沟模式"被国家旅游局确定为全国 61 个"协会＋农户"旅游扶贫示范项目之一，被国务院扶贫办评为全国乡村旅游扶贫典型案例。

"生态＋产业"，通过生态产业促进农民稳定增收。黄国庆大力推

动生态农业、特色农业，全县建成高标准核桃园 13 万亩、板栗园 22 万亩，林麝、梅花鹿养殖存栏量 1000 余头，中蜂养殖 2.4 万余箱；发展林下天麻、猪苓 730 万窝，获得国家地理标志产品认证、入选"陕西十大秦药"；年发展食用菌 1000 万余袋，"天华山"香菇获得省级名牌。坚持"一村一业、一业一社"，71 个行政村实现村级集体经济组织全覆盖，培育市场主体 336 个，实现全县 6080 户贫困户中长线产业和市场主体带动两个全覆盖。2017 年，他提出打造"一个中心、两条战线、五个平台、百家网点"消费扶贫体系。2018 年，完成电子商务综合交易总额 1.5 亿元，覆盖带动 2675 名贫困人口脱贫。

"生态 + 改革"，让贫困群众在生态保护中享受红利。宁陕的生态改革始终走在全省的前列，2016 年率先实施贫困户就地转化生态护林员的扶贫路子，构建林业、国土、水利和环保"四位一体"生态环境网格化监管体系。全县聘任 812 名贫困劳动力为生态护林员，使他们户均年增收 7000 元。推进林业产业改革，全县 306.2 万亩集体林地产权全部确权落实到村到户，流转林地 85 万亩，开展林权抵押 3.17 万亩，发放林权抵押贷款 6337 万元。2016 年在全国贫困县中率先完善公益林补偿投入标准，将 65 万亩省级公益林补偿标准由每亩 5 元提高到 15 元，3344 户贫困户享受生态公益林补偿政策，户均补偿资金达到 1400 元。641 户 2004 名贫困户享受退耕还林补助政策，户均增收 3200 元。组建森林经营管理合作社 29 家，带动 595 户贫困户人均增收 3600 元。

后 记

2013 年 11 月 3 日，习近平总书记来到湖南省湘西土家族苗族自治州花垣县十八洞村，同村干部和村民代表围坐在一起，亲切地拉家常、话发展，首次提出精准扶贫。扶贫开发贵在精准，重在精准，成败之举在于精准，必须做到扶持对象精准、项目安排精准、资金使用精准、措施到户精准、因村派人精准、脱贫成效精准。

打赢脱贫攻坚战，是全面建成小康社会的标志性指标，是解决发展不平衡问题的关键之举。党的十八大以来，以习近平同志为核心的党中央聚焦精准扶贫，全面打响脱贫攻坚战，拓展了中国特色扶贫开发道路，脱贫攻坚战取得关键进展。我国成为世界上减贫人口最多的国家，也是世界上率先完成联合国千年发展目标的国家，创造了人类减贫史上的奇迹。

全面建成小康社会，一个也不能少。2020 年也是脱贫攻坚决战决胜之年。冲锋号已经吹响。重锤频频，激励世人；战鼓声声，催人奋进。本书以全国 100 个精准扶贫先进案例为蓝本，从产业扶贫、就业扶贫、易地搬迁扶贫、健康扶贫和农村危房改造、综合保障性扶贫，以及开展贫困残疾人脱贫等多视角多层面，遴选出 36 个精准扶贫的故事。以期通过这些精彩、生动、励志的故事，进一步激发已经或即将脱贫群

众"斗罢艰险又出发"的精气神，为脱贫攻坚一线党员干部提供参考借鉴，唤起万众一心加油干，越是艰难越向前，把短板补得更扎实，把基础打得更牢靠，坚决打赢脱贫攻坚战，更好助推如期实现现行标准下农村贫困人口全部脱贫、贫困县全部摘帽，与全国人民一道奔小康。

本书依据全国各地扶贫部门或新闻单位供稿时间先后排序，对相同或类似稿件进行合并、组合、调整，按照大致风格进行修改、加工。由于故事的角度各不相同、内容丰富多彩，既有第一人称，又有第二、第三人称表述。为便于读者阅读，在内容表现形式上没有按照统一格式处理，语言表达上尽量保持原汁原味，保留各地的方言、俚语等。文中图片由相关省区市扶贫办提供，图注仅简要说明文中的主要人物或重要场景，对具体时间等未作说明、标注。文中数据统计时间截止 2019 年 12 月 31 日。

本书由人民日报社理论部哲学·科社室主编欧阳辉总策划，北京师范大学政府管理学院院长、教授章文光主编。由欧阳辉、章文光共同确定写作思路与风格、制定目录提纲，欧阳辉负责统稿、统改，章文光最终审订书稿。北京师范大学博士生宫钰、王传飞、贾平、徐志毅、倪大钊和硕士生万厚利、邓梁斯，北京信息科技大学本科生欧阳纬柠，均参与稿件收集、初步修改、沟通协调等工作，在此一并表示感谢！

由于水平所限，加之时间仓促，书中疏漏甚至错误之处难免，敬请读者批评指正。

编　者

2020 年 1 月 18 日

责任编辑：杨瑞勇

封面设计：姚　菲

责任校对：吕　飞

图书在版编目（CIP）数据

精准扶贫的故事／章文光 主编 . — 北京：人民出版社，2020.2

ISBN 978 - 7 - 01 - 021886 - 1

I. ①精… Ⅱ. ①章… Ⅲ. ①报告文学 - 作品集 - 中国 - 当代 Ⅳ. ① 125

中国版本图书馆 CIP 数据核字（2020）第 027951 号

精准扶贫的故事

JINGZHUN FUPIN DE GUSHI

欧阳辉　总策划

章文光　主　编

人 民 出 版 社 出版发行

（100706　北京市东城区隆福寺街 99 号）

北京盛通印刷股份有限公司印刷　新华书店经销

2020 年 2 月第 1 版　2020 年 2 月北京第 1 次印刷

开本：710 毫米 × 1000 毫米 1/16　印张：15

字数：177 千字

ISBN 978 - 7 - 01 - 021886 - 1　定价：70.00 元

邮购地址 100706　北京市东城区隆福寺街 99 号

人民东方图书销售中心　电话（010）65250042　65289539

版权所有·侵权必究

凡购买本社图书，如有印制质量问题，我社负责调换。

服务电话：（010）65250042